Von derselben Autorin
in der Reihe der
Ullstein Bücher:

Die Zürcher Verlobung (20042)
Ein gewisser Herr Ypsilon (20043)
Valentine heißt man nicht (20045)
Italienreise – Liebe inbegriffen
(20046)

Barbara-Noack-Kassette mit fünf
Romanen (20047)

ein Ullstein Buch
Nr. 20044
im Verlag Ullstein GmbH,
Frankfurt/M – Berlin – Wien

Ungekürzte Ausgabe
mit 31 Zeichnungen
von Sigrid Müller-Kern

Umschlagentwurf:
Sigrid Müller-Kern
Alle Rechte vorbehalten
© 1971 by Lothar Blanvalet Verlag,
Berlin
Mit Genehmigung der Albert Langen –
Georg Müller Verlags-GmbH,
München – Wien
Printed in Germany 1979
Gesamtherstellung:
Ebner Ulm
ISBN 3 548 20044 3

CIP-Kurztitelaufnahme
der Deutschen Bibliothek

**Noack, Barbara:**
Eines Knaben Phantasie hat meistens
schwarze Knie/Barbara Noack. –
Ungekürzte Ausg. –
Frankfurt/M, Berlin, Wien:
Ullstein, 1979. –
(Ullstein-Bücher; Nr. 20044)
ISBN 3-548-20044-3

# Barbara Noack

# Eines Knaben Phantasie hat meistens schwarze Knie

ein Ullstein Buch

Für Jan
und alle anderen
ach so braven,
immer mißverstandenen
Knaben

Eine Liebesnacht ist an sich eine feine Sache. Schriftzustellende Liebesnächte mit brandeiligem Termin sind es nicht. Sei mal einer sinnlich auf Kommando, den Auftraggeber im Nacken.

Versteuern muß man diese Nächte auch noch.

Fragt man sich – warum mußtest du ausgerechnet Schriftsteller werden? Wenn schon was Künstlerisches, warum nicht Maler, Bildhauer, Musiker? Die haben Farben und Formen und Töne und Rhythmen zur Anregung. Und was haben wir? 26 kleine, knochentrockene Buchstaben, mit denen wir Glück, Schmerz, Gerüche, Gegenstände, Klänge, Aktionen und so weiter herstellen müssen und eben diese Liebesnacht, die so pressiert.

Ich frage mich, wie die Kollegen damit fertig werden.

Denn abgesehen vom lumpigen Abc, das von sich aus so gar nichts unternimmt, um einen in Stimmung zu versetzen, sind da noch die äußeren Umstände, die eine schriftzustellende Liebesnacht scheitern lassen können, zum Beispiel die Tageszeit.

Wenn es Nacht wird im Manuskript, muß noch längst nicht Nacht sein beim Hersteller derselben.

Nehmen wir nur mal den heutigen Vormittag. Ich habe nicht ausgeschlafen. Beim Frühstück die Morgenzeitung gelesen und trete nun mißgestimmt und amusisch bis in die Knochen, ausschließlich vom Ablieferungstermin getrieben, an meinen Schreibtisch.

Ein halbbeschriebener Bogen steckt erwartungsvoll und genauso, wie ich ihn heute nacht bei hereinbrechender Müdigkeit verlassen habe, in der Maschine.

Ich lese den letzten Satz: »Er richtete sich jäh auf, lachte, seine nackten, harten Männerschultern kamen langsam näher, und Marianne …«

Aus.

Seit heute nacht, genaugenommen acht Stunden, wartet mein Liebespaar braungebrannt, fabelhaft gewachsen und splitterfasernackt auf Saugpapier, in eine graue Reiseschreibmaschine eingeklemmt, darauf, daß sich endlich etwas tut.

26 kleine, knochentrockene Druckbuchstaben und das Liebespaar gucken mich erwartungsvoll an, und ich sage mir: Mütterchen, nun konzentriere dich. Morgen mußt du abliefern.

Ich konzentriere mich also und konzentriere mich und konzentriere mich auf den Brummer an der Fensterscheibe. Hätte nie gedacht, daß mich ein Brummer mehr zu fesseln vermag als eine Liebesnacht.

Er richtete sich jäh auf – nicht der Brummer, der Liebhaber –, richtete sich jäh auf, lachte, seine nackten, harten Männerschultern kamen langsam näher und Marianne ...

Es geht nicht ohne Anregung. Es geht nicht. Ich werde mir einen Kaffee machen.

In der Küche treffe ich Ilse. Ilse fegt.

»Sie sind ja schon wieder da«, sagt sie. »Klappt wohl heute nicht, wie?«

Nein, klappt nicht.

Ilse hat es gut. Sie darf abwaschen, putzen, Betten machen und all so was Schönes. Unsereiner ist zu schriftgestellten Liebesnächten verdonnert.

Ich nehme den Besen und zeige ihr, was man alles unter einem Schrank hervorzukehren vermag, wenn man sich vorm Schreiben drücken will.

Ilse guckt mich mitleidig an. Sie kennt das schon. »Nu gehn Sie mal wieder dichten. Ich mach Kaffee.«

Ein schlimmer Vormittag. Keine interessante Post heute. Niemand ruft an. Nichts, was mich ablenken könnte. Und die Muse, das Luder, pennt.

»Er richtete sich jäh auf, lachte, seine nackten, harten Männerschultern kamen langsam näher, und Marianne ...«

Tjaja, die Marianne, die müßte jetzt vielleicht was Sinnliches zu ihm sagen, aber was?

Dem Kaffee fällt auch nichts Gescheites ein. Nun sag schon was, Marianne! Sag was, Himmelarmundzwirn.

Ilse kommt herein, um zu fragen, ob wir heute mittag Buletten mit Möhren essen wollen, die hatten wir lange nicht.

»Ausgerechnet jetzt!«

»Ich geh ja schon«, sagt sie, »aber ich brauch Geld.«

»In meiner Tasche.«

Sie geht wirklich. Ich muß mich konzentrieren. Zu diesem Zwecke suche ich den Brummer an der Fensterscheibe. Er ist nicht mehr da. Wie soll ich mich ohne den Brummer auf die verflixte Liebesnacht konzentrieren!? Alle guten Geister haben mich verlassen.

»Er richtete sich jäh auf, lachte, seine nackten, harten Männerschultern kamen langsam näher, und Marianne ...«

Es muß dringend was geschehen. Ich versuche es mal logisch.

Ehe ich dazu komme, wird es draußen sehr laut. Als ob ein Kosakenheer in den Garten einfällt. Schüsse. Johlen. Kreischen. Aufgeregtes Hundebellen. Dazwischen die sich überschlagende Stimme des Hausmeisters: »Verdammte Bengels! Ich bring euch um!«

Philip ist aus der Schule heimgekehrt. Soweit ich mich erinnere, habe ich bloß einen Sohn, aber der tritt meistens in Scharen auf.

Sie stürmen das Haus und brechen – Ilses Warnrufen zum Trotz – in mein Zimmer, in meinen endlichen Höhenflug ein, schießen ihn ab.

»Ach Jungs«, sage ich bekümmert, »was gibt's denn? Wie war's in der Schule?«

Einstimmiges »Doof«. Sie hängen sich von hinten über meinen Stuhl.

Benjamin stiert auf die eingespannte Manuskriptseite. »Warum schreiben Sie erst was hin, wenn Sie es nachher doch wieder ausstreichen?« Und dann, ehe ich es verhindern kann, buchstabiert er »Seine nackten – harten Männer-schultern ...«

Alle fünf sehen mich an.

Gute Nacht, Marie, denke ich und reiß das Blatt aus der Maschine und aus Versehen mittendurch.

»Jetzt ist sie kaputt«, sage ich vorwurfsvoll.

»Was für Schultern?« fragt Oliver.

»Wie meinst du das, Mami?« fragt Philip.

»Und warum sind sie nackicht?« fragt Frankie.

»Er ist eben Sportler«, sage ich.

»Wer?« fragt Rolfi.

»Na, der Mann.«

»Welcher Mann?« fragt Oliver.

»Was für'n Sport?« fragt Frankie.

»Fußball« sage ich.

»Haha. Du und Fußball«, sagt Philip. »Verstehst du doch gar nichts von.«

»Ich hab's eben abgeschrieben«, sage ich.

»Von wem?« fragt Philip.

»Von einem Kollegen.«

»Was ist ein Kollege?« fragt Rolfi.

»Ich denke, Sie tippen selber Bücher, dabei schreiben Sie ab«, sagt Frankie.

»Nackichte Männerschultern«, sagt Oliver. »Beim Fußball! Wo die doch das Trikot anhaben!«

»Raus!« sage ich. Wenn ich nicht mehr weiter weiß, sage ich immer »Raus«.

Keiner geht. Denken ja gar nicht dran.

Fünf Knaben mauern stur um mich herum, und zwischen ihnen und mir lauern diese vermaledeiten, noch immer nicht befriedigend geklärten harten, nackten Männerschultern. Den Fußball glaubt mir keiner.

»Wessen Schultern denn nu?« fragt Philip. »Papis?«

»Quatsch«, sage ich.

»Wessen dann?«

»Vielleicht die vom Kollegen«, überlegt Rolfi.

»Nee«, sagt Frankie, »von dem schreibt sie bloß ab.«

Muß ich mir das als erfolgreicher Erwachsener eigentlich gefallen lassen? Nein.

»Rrrraus! Aber dalli!« Ich scheuche sie wie Hühner aus den Gemüsebeeten zur Tür hinaus. Sperre ab. So. Ist es nicht typisch? Das, was sie lesen sollen, lesen sie nicht. Aber das, was sie nicht lesen sollen...

Vier kleine Jungen bewegen die nackten, harten Männerschultern in ihrem Gedächtnis, tragen sie mit sich nach Haus und werden sie spätestens beim Mittagessen zum Zwecke einer öffentlichen Diskussion auf den Teller legen. Mir selbst stehen sie bei den Buletten mit Möhren bevor.

Ich brauche Tesafilm, um die zerrissene Liebesnacht wieder zusammenzukleben. Ich finde denselben und mein übriges, heftig vermißtes künstlerisches Werkzeug, wie Filzstifte, Uhu, Locher, Gummis, nach längerem Suchen in Philips Zimmer.

Ich finde auch Philip dort.

»Was soll'n das eigentlich für 'ne Geschichte werden, die du grad schreibst? Wieder 'ne Liebesarie aus Noacks achtem Alphabet?«

»Sei nicht so frech.«

»Warum schreibst du nich mal was Vernünftiges?«

»Was findest du denn vernünftig?«

»Na, Krimis. Warum schreibst du nich mal so was wie die – na die –, die öfter im Fernsehen kommt – die so heißt wie ein katholischer Feiertag?«

Feiertag? Katholischer?

»Meinst du Agatha Christie?«

»Ja, die.«

»Kann ich leider nicht. Das ist eine andere Begabung.«

Sagte ich Begabung? Von der habe ich heute vormittag wenig gemerkt.

Aber dabei kommt mir eine andere Idee. Die erste brauchbare heute: Philip und seine Freunde. Warum schreibe ich nicht mal über sie? Stoff haben sie mir schließlich genug geliefert.

## Aus dem Lexikon zweijähriger Buben

Tintin – Schuhe
Pissieren – spazierengehen
Nöpse – Knöpfe
Pudeljatter – Sprudelwasser
Tutunacht – Garage
Nattaboll – Nackedei
Kappalataata – Kasperltheater
Nuttennatter – Nußknacker
Kankenfesser – Krankenschwester
Kiekfiff – Kriegsschiff

## Mittagsschlaf ist so gesund

»Es ist alles eine Frage der Erziehung«, sagt Julius. »Wenn es euch gelingen würde, den Jungen von der Richtigkeit und Notwendigkeit einer Sache zu überzeugen, gäbe es überhaupt keine Schwierigkeiten.«

»Na, dann mach mal«, sage ich und lege mich auf die Terrasse.

»Was denn?« fragt er, gereizt durch meine so aufreizend bürgerlich über dem Magen gefalteten Hände, die eine längere Passivität ankündigen.

»Überzeuge einen hellwachen Jungen von der Notwendigkeit, Mittagsschlaf zu halten. Und vergiß dabei nicht – es handelt sich um deinen Jungen.«

»Na und?« sagt er. »Na und?«

Um mir den Beweis für die Richtigkeit seiner Theorie bringen zu können, muß er das muntere Kerlchen erst einmal einfangen.

Fängt es auch. Trägt es – unter den Arm geklemmt – an mir vorbei. Spricht begütigend auf sein Gezappel ein. Spricht von »Gesundheit…Wachstum – alle Kinder müssen mittags…Papi und Mami möchten auch gerne…«

Beide gehen ab. Aber nur kurz.

Nach einer Minute ist Philip wieder da – mit herunterhängenden Hosen und Nachttopf. Nimmt gesellig neben mir Platz. Er hat gern Un-

terhaltung dabei. Sein Vater hebt ihn vom Topf. Schimpft: »Das ist doch alles Falle. Du mußt ja gar nicht. Du willst bloß Zeit gewinnen. Nicht bei mir!«

»Ich denke, du wolltest ihn von der Notwendigkeit des Mittagsschlafes überzeugen?« sage ich hinter den beiden her.

Sie verschwinden gemeinsam im Bad.

Geräusche werden laut, die auf einen harten Nahkampf schließen lassen. Aha. Händewaschen. Philip bringt von diesem Unternehmen leidlich saubere Finger mit und sein Vater klatschnasse Hosen.

Vater hebt Sohn ins Gitterbett, das bis vor zwei Monaten noch eine Festung war, auf deren Unüberwindlichkeit sich die Erziehungsberechtigten getrost verlassen konnten.

Seit der ersten selbständigen Übersteigung der Gitter sind dieselben zum Turngerät degradiert, aber mit der nötigen Überzeugungskraft…

Philip streckt sich brav auf dem Laken aus, läßt sich zudecken und wünscht: »Nun sing, mein Julius.« Keiner, der seinen Julius jemals singen hörte, fordert ihn ein zweites Mal dazu auf. Aber Philip liebt die Stimme seines Herrn, liebt jede Stimme, die ihm beim Einschlafen Gesellschaft leistet. Er tuscht sich auf zwei Fingern ins Schlafdämmer hinüber.

Vater schleicht auf Zehenspitzen aus dem Kinderzimmer.

»Nacht, mein Julius«, flüstert Philip hinter ihm her. »Ich weiß gar nicht, was du willst. Von *mir* läßt er sich ohne Widerspruch ins Bett bringen«, sagt Julius mit milder Anklage zu mir.

»Das liegt am Zauber deines Baritons«, sage ich, »der haut jeden um.« Und bin ein bißchen böse auf Philip: Warum bei seinem Vater sofort – warum bei mir nie?

Da geht die Tür auf, und ein glückliches Kinderstrahlen wird unterhalb der Klinke sichtbar.

»Philip wieder da.«

»Und auf bloßen Füßen!« tobt sein enttäuschter Pädagoge. »Hast du keine Hausschuhe?«

»Hat Philip in Hand.« Zum Beweis hebt er seine Tüffel hoch und will es sich schon gemütlich bei uns machen, da steht die Ohoh auf.

Die Ohoh ist seine Großmutter auf Besuch, und wenn sie es für richtig hält, hat sie einen harten Griff. Das weiß ich noch aus meiner Kindheit. Philip und Ohoh verschwinden samt Tüffeln im Kinderzimmer.

»Tss – « macht Julius. Stocksauer. Schwiegermutter will Schwiegersohn beweisen, daß Schwiegermutter in der Lage ist, dafür zu

12

sorgen, daß Junge ins Bett geht und vor allem – auch drin bleibt.

»Sie wird ihm drohen«, sagt er, als keiner von beiden wiederkommt.
»Na ja, mit Strenge kann man in dem Alter noch alles erreichen, aber
die Folgen –!! Denk doch bloß mal an die Folgen! Verklemmte, hem-
mungsbelastete Schattenkreaturen! Wie soll sich denn auch eine Per-
sönlichkeit entfalten, wenn sie von klein auf zu bedingungslosem Ge-
horsam erzogen wird?«

»Sprichst du von deinem Sohn?« frage ich.

»Natürlich.« Er sieht mich an. Ganz wild. »Du sollst nicht grinsen,
verdammt noch mal!«

Philip in seinem Kinderzimmer macht indessen keine Schwierigkeiten. Er ist absolut bereit, sich hinzulegen. Er hat vorher nur noch eine
kleine Bitte: Die Ohoh soll ihm zuschauen, wie er das Gitter seines Bet-
tes von außen übersteigt. Und wenn er dann hineinplumpst, soll sie
»Bravo« rufen. Durch bewußte Fehlstarts und verschämte Fisimaten-
ten gelingt es ihm diese artistische Nummer auf zehn Minuten auszu-
dehnen.

Die Ohoh klatscht Bravo.

Philip: »Noch mal?«

Die Ohoh: »Das war sehr schön, aber nun wird geschlafen. Sonst holt
die Ohoh den Stock.«

»Stock liegt da oben«, sagt Philip und zeigt erklärend auf den
Schrank, damit sie im gegebenen Fall nicht allzulange suchen muß. Danach winkt er sie höflich, aber bestimmt zur Tür hinaus.

»Philip nun seine Ruhe haben. Nun!«

»Kriege ich vorher noch ein Küßchen?«

»Nein«, sagt er ablehnend, »vier Uhr.«

Alle Unternehmungen, zu denen er nicht sofort bereit ist, verschiebt
er gern auf diese Tagesstunde.

Ohoh stellt sich auf der Terrasse ein.

»Naaa?«

»Wir werden sehen«, sagt sie vorsichtig.

Spannungsgeladenes Schweigen.

Aber es kommt kein Philip.

Ohoh lächelt erleichtert.

Julius, giftig: »Zufall.« Jetzt fühlt er sich von seinem Sohn im Stich
gelassen. Hält der Bengel zur Schwiegermutter. »Was hast du mit ihm
gemacht?«

»Nichts. Weder angebunden, verdroschen noch bedroht.«

»Vielleicht ist er wirklich müde«, versuche ich zwischen uns dreien zu vermitteln.

An sich könnten wir uns jetzt auch hinlegen, wir haben es nötig, wir waren letzte Nacht ausführlich auswärts.

Aber vorher will Philips Julius noch mal gucken, ob Philip auch wirklich schläft.

Die Ohoh zu mir: »Wetten, daß er ihn jetzt absichtlich wach macht, bloß weil er mir nicht gönnt, daß es mir gelungen ist –«

Ein Ausruf des Entsetzens unterbricht ihre schwiegermütterlichen Vermutungen.

Wir stürzen gleichzeitig durch die Tür des Kinderzimmers. Finden folgendes vor: einen triumphierenden Schwiegersohn. Einen hellwachen, rotgeschminkten Clown im Bett. Geschminkte Bezüge, Gitter, Tapeten – so weit er langen konnte.

Die Ohoh: »Ach Gott, mein Lippenstift!«

Julius: »*Deshalb* war er so ruhig!«

Philip, selbstzufrieden: »Philip aber schön malen!«

Ich: »Na warte, jetzt setzt's was!« und hole aus.

Philip, beschwörend: »Vier Uhr!!!«

Ich wüßte auch gar nicht, wo ich im Augenblick zuhauen sollte. Er färbt überall ab.

Vater expediert Sohn in Badewanne. Ohoh zieht Betten ab und neu auf, guckt dabei auf die Tapete, an der ich vergebens herumschrubbe.

»Du mußt zugeben, daß seine Zeichnung gar nicht so schlecht ist – vom abstrakten Gesichtspunkt. Es liegt was drin.«

»O ja«, sage ich, »dein ganzer neuer Lippenstift.«

Philip kehrt – nur noch hellrot – in sein Bett zurück. Gemeinsam betrachten wir sein Wandgemälde.

»Das darfst du nie wieder tun, hörst du? Wir müssen neu tapezieren lassen, das kostet viel Geld. Vielleicht müssen wir sogar ausziehen, und wo sollen wir dann hin?«

Interessiert ihn überhaupt nicht. »Hat Mami Bombom?«

»Nein, ich habe keinen, und du wirst jetzt schlafen, verdammt noch mal.«

»Aber Ohoh hat.«

»Ohoh hat auch keine für ungezogene Enkel. Versprich mir, daß du nie wieder…«

»Ohoh hat Bombom im Mantel.« Er will schon aussteigen und auf den Flur rennen zur Garderobe, um mir zu beweisen, daß Ohoh in der

Manteltasche Bonbons hat.

O Gott. Andere Eltern legen ihre Gören mittags hin, und die schlafen. Schlafen freiwillig. Warum ist bei uns alles Aufstand, Umstand, kurz – so mühsam!?

Ich gehe aus dem Kinderzimmer. Philip folgt mir auf dem Fuße. Noch enger – sozusagen Ferse-Zehen – folgt er mir. Ich dreh mich um und walke ihn durch. Tut ihm nicht weh. Empört ihn bloß.

»Is eine Verschämtheit, Philip ßu hauen!« Er marschiert freiwillig zurück. Ist beleidigt. Aber nur kurz. Kommt gleich wieder mit Kasperle, um eine Vorstellung zu geben. Ist so gesellig veranlagt. Besonders, wenn er schlafen soll.

Ein zähes Kerlchen.

»Laß ihn hier«, sage ich.

»Wenn wir jetzt nachgeben, macht er mit uns, was er will«, sagt sein Vater.

»Das macht er jetzt schon«, sagt die Ohoh.

»Wenn wir ihn einschließen, brüllt er das ganze Haus zusammen. Das geht nicht, wir haben schon genug Ärger.«

»Und außerdem – womit willst du denn was in dieser Wohnung noch abschließen? Kannst du mir das mal sagen, bitte schön?«

Philip hat alle Schlüssel abgezogen und in das Kellerfenster der Mieterin fallen lassen, die zur Zeit bei ihrer Tochter in Chicago weilt. Mir kommt eine andere Idee. Das ist eine ganz schlimme Idee. Darf man keinem erzählen, schon gar nicht einem Pädagogen.

Mir ist der Otto Noack eingefallen.

Der Otto Noack war mein Hund, bis ich mich verheiratete. In der Aussteuer von Philips Vater befand sich ebenfalls ein Spaniel, eine Hündin.

Den Otto interessieren keine Geschlechtsunterschiede. Den Otto interessiert bloß das Umlegen. Er muß beißen – jeden Hund außer sich selber. Und jedes Kind. Darum wurde er nach der Hochzeit der Ohoh geschenkt, ob sie wollte oder nicht. Darum liegt der Otto Noack, wenn er uns mit der Ohoh besucht, fest angeleint in der Garderobe. Wenn wir Otto in die Arena, sprich Kinderzimmer, schicken, wird Philip ganz gewiß nicht sein Bett verlassen. Es gibt immerhin drei Dinge, vor denen er großen Respekt hat: die Müllabfuhr, große, dunkle Wolken und den Otto.

Von seinem Gitterbett aus beobachtet er mit verkniffenem Gesicht den tapsig trottenden Einzug des Raubtieres in die Arena. Begrüßt die

Bestie mit tiefen, eilfertigen Verbeugungen: »Guten Tag, guten Tag, Otto. Philip artig. Philip gleich einschlafen.« Wir verlassen das Kinderzimmer, maßlos beschämt, weil wir einen unberechenbaren alten Spaniel holen mußten, um unseren dreifachen Willen durchzusetzen. Die Ohoh: »Wenn er trotzdem aus dem Bett steigt?«

Philips Julius guckt mich an wie der getaufte Römer, dessen Familie den Löwen vorgeworfen wurde. Das halte ich nicht aus. Ich öffne die Kinderzimmertür um einen Spalt.

Philips sachlich-bedauernde Stimme von drinnen: »Noch immer nicht. Leider.«

Nein. Er schläft noch immer nicht. Er liegt vor der Bestie auf dem Schafwollteppich und ist gerade damit beschäftigt, seine eigene Bettdecke um Ottos dicken Bauch zu klemmen.

Philip wichtig: »Otto Noack todmüde.«

Als er ins Bett zurück soll, fängt er an zu brüllen. Anfangs fand er unsere Einmischung in seine ureigensten Privatangelegenheiten wie Mittagsschlaf oder nicht ja ganz unterhaltsam. Jetzt reicht's ihm. »Philip nun aber böse! Philip Müllabfuhr holt! Nun! Man soll in Ruhe lassen, welcher nich will!!« Die Ohoh schaut mich an. »Du warst so ein unkompliziertes Kind.«

Und guckt ihren Schwiegersohn an und sagt nichts. Aber denkt: Das da hat deine Erbmasse eingeschleppt. Nun!!!

Wir gehen auf die Terrasse zurück. Als letzter kommt Julius, zu Tränen gerührt: »Philip packt. Er reicht ihm bei uns. Wir lassen ihm keine Ruhe, sagt er.« Mit einem Buddeleimer, aus dem ein Funkwagen, eine Unterhose und seine weißen, mit Dokumentenstift bemalten Gummistiefel ragen, schnauft er theatralisch an uns vorbei zur Flurtür.

»Philip geht nun. Tschüß, Ohoh, tschüß, Mami, tschüß, mein Julius.«

Weg ist er. In der Garderobe verabschiedet er sich herzlichst vom wieder angeleinten Otto. Dann hören wir seine Schritte auf der Treppe – zwei hinunter, zwei hinauf –, da ist er wieder. Schnauft an uns vorbei, verschwindet wort- und blicklos Richtung Kinderzimmer.

»Vielleicht hat er was vergessen«, sage ich. Aber er kommt nicht wieder.

Ich gehe zu ihm, um ihn anzuziehen für die Einladung heute nachmittag. Es ist inzwischen vier Uhr geworden.

Aber wir können nicht hingehen. Wir müssen leider absagen, denn Philip ist samt Reisegepäck in sein Gitterbett gestiegen und auf der Stel-

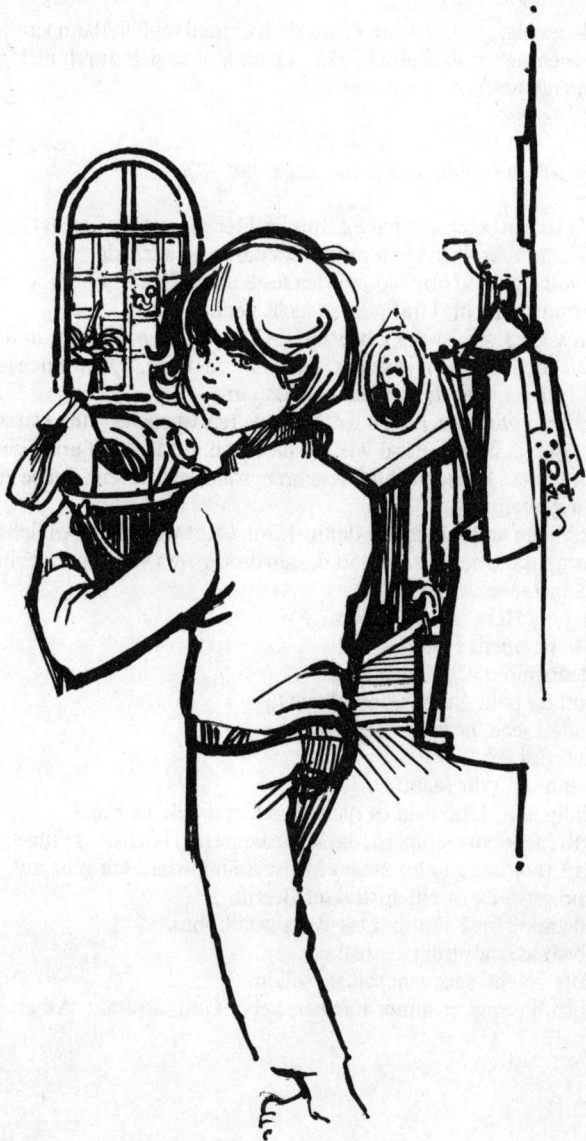

le eingeschlafen, und wenn er wirklich einmal schläft, dann kann man Kanonen neben ihm abschießen. Dann läßt er sich durch nichts und gar nichts wecken.

*Liebe ist ein Gefühl, das keine Beine hat.*

Wir lernen beten. Ich habe es mir leichter vorgestellt. Lieber Gott, ich bin klein, mein Herzchen rein...Bis dahin ist alles klar.

...soll niemand drin wohnen als Jesus allein. Schon gibt es Ärger. Jesus kennt er nicht. Und wen er nicht kennt...

Ich sage, Jesus ist das Christkind. Da darf er. Und Mami und Papi dürfen auch. Und Philip selber? Sieh mal, das ist so. Wir wohnen in deinem Herzen, und du wohnst in unserem.

Danach wird die Platzfrage erörtert. Ich versuche, ihm klarzumachen, daß ja nicht wir, so wie wir dastehen mit Hut auf und Schuhen an, in seinem Herzen Einlaß begehren, sondern daß seine Liebe zu uns damit gemeint ist.

Das kauft er mir nicht ab, denn »Kann Liebe wohnen?« An sich wollten wir zusammen beten. Statt dessen diskutieren wir immer lebhafter.

Kann Liebe wohnen?

Ja. Das Herz hat Kammern...

Wie in einem Hotel?

Medizinisch gesehen, aber...

Und da paßt ein Mensch hinein?

Seine Liebe, herrgottnochmal!!!

Und das geht?

Wenn ich's dir sage...

Philip stur: Und geht es nich? Kucken die Beine raus?

Daß Liebe ein Gefühl ist, das keine Beine hat, höchstens Flügel, führte als Erklärung nur zu neuen Mißverständnissen. Ich gebe auf.

Und sage: Es ist ein abstrakter Begriff.

Abstrakt? fragt Philip. Das Wort gefällt ihm.

Abstrakt...abstrakt...abstrakt.

Gute Nacht, sage ich, schlafe schön.

Abstrakt, sagt er hinter mir her, lieber Gott, abstrakt. Amen.

18

Wir haben uns eben verabschiedet. Denise weht an der Hand ihrer Mutter auf den Düsenklipper zu, der sie nach New York bringen wird. Ihr roter Mantel leuchtet wie eine Blume über dem grauen Beton. Sie trägt ihren Teddy und ein Netz mit Bällen. Denise ist eine mandeläugige, zierliche Polin, erst zweieinhalb Jahre alt, genau wie Philip, und hat doch schon einmal um die Erde herumgewohnt. In Hongkong wur-

de sie geboren. In Tel Aviv bekam sie die ersten Zähne. In Manila hat sie laufen gelernt. Und in Deutschland zum erstenmal geliebt.

Gestern abend nahm sie Philips Kopf in ihre kleinen, bedeutsamen Hände und sagte: »Denise geht fort. Tust du weinen, Philip?«

Sie lernten sich auf einer Geburtstagsparty kennen. Es waren viele Jungen da – älter als Philip und auch gefälliger im Umgang. Denise ergriff von Anfang an die Initiative, denn hinter ihrem zarten Ernst verbarg sich ein zäher Wille.

Denise wollte Philip. Er war all das, was sie nicht war: blond, fröhlich und wild.

Voll Grazie überstieg sie die Gebirge seiner anfänglichen Ablehnung, nahm ihn bei der Hand und führte ihn mit Geduld und Nachsicht. Denise war Philip geistig weit voraus. Ihn hat das nicht gestört.

Es wurde eine richtige Liebe mit unruhigen Träumen, endlosen Telefonaten, mit stundenlangem Warten am Fenster und stürmischen Umarmungen beim Wiedersehen. Mit Launen, Szenen und stummen Spaziergängen Hand in Hand.

Denise beherrschte die Spielregeln einer Liebe in aller Unschuld vollkommen. Philip war stürmisch und rauh wie ein junger Hund, der seine Kräfte nicht kennt.

Einmal weinte Denise, als er sie umarmte. Er tat ihr sehr weh, aber sie beschwerte sich nicht, sondern lächelte unter Tränen. Sie war bezaubernd. Denise geht fort. Tust du weinen, Philip?

Wenige Tage vor ihrem Abflug nach New York erklärte sie ihren Eltern mit ernsthafter Entschiedenheit: »Denise is going to Philip. Denise will stay with Philip. Denise is not going with you to New York. Understand?«

Aber wenn man noch so klein ist, bleibt einem nichts anderes übrig, als auf Gedeih und Verderb dorthin mitzugehen, wohin die Eltern gehen.

Denise ist fort. Tut Philip weinen?

Nein. Tut er nicht. Um ganz ehrlich zu sein: Er ist vor allem neidisch. Weil Denise mit einem Düsenklipper fliegen darf und er nicht.

Um die ganze Welt ist sie schon geflogen und er erst zwischen Hamburg und Berlin. Philip möchte auch nach New York fliegen, egal, wo das ist.

Auf dem Weg zur Startbahn rollt die Maschine dröhnend an uns vorbei. Einen Augenblick lang glaube ich, einen Teddy an einem der hin-

teren Fenster zu sehen.

»Denise«, sagt Philip, und seine Schultern ziehen sich erschauernd zusammen. Er leidet, denke ich gerührt.

»Er muß mal«, sagt sein Vater und zieht mit ihm ab.

Zum Abschied hatte sie Philip ihren Schlitten geschenkt. Er sagt nie mein Schlitten dazu, sondern immer Denises Schlitten. Wir alle sagen Denises Schlitten dazu, auch heute noch, nach neun Jahren. Er heißt eben so.

An die mandeläugige, viel zu ernste, gescheite kleine Polin denkt keiner mehr dabei.

Es ist ja auch schon so lange her, daß Denise fortgegangen ist.

Philip beobachtet vom Straßenrand eine Prozession, in der auch sein großer Freund Michael als Meßknabe mitschreitet.

Wir bemühen uns, seine Gefühlsäußerungen und Kommentare in akustischen Grenzen zu halten. Das ist nicht einfach, denn Philip hat statt einer Stimme eine Schrille. Der Reliquienschrein wird vorübergetragen.

Philip: Was ist in dem Karton?

Pschschscht!

Aber was is drin?

Die Gebeine des heiligen Swidbert.

Und wenn das seine Gehbeine sind, warum kann er dann nicht laufen?

Philip packte schon Tage vorher. Packte ein und um und immer noch was dazu. Sein Bärchen Klemke, Kasperlepuppen, eine Spieluhr mit Weihnachtslied. Einen Tuschkasten und ein Stempelkissen und alte Cremedosen. Und die Wasserpistole und Buddelzeug. Und Autos natürlich. Autos brauchte er auf alle Fälle – schon wegen der langen Sitzungen auf dem Klo. Mehrere Reklamedrucksachen packte er ein und ein Notizbuch aus dem Jahre 1960.

Und Bücher vom Vorlesen.

Am Abfahrtsmorgen schleppte er noch den Roller und sein Dreirad an. Da reichte es seinem Vater. Sein Wagen wäre schließlich keine Müllabfuhr und auch kein Möbeltransporter. Fahrrad und Roller bleiben zu Hause. Basta.

Die Pistole auch. Wozu brauchst du unterwegs eine Wasserpistole, kannst du mir das mal sagen, bitte schön?

Philip sagte es ihm.

Wegen der Tante Inge, die wir besuchen wollten.

Philip konnte sie nicht ausstehen, weil sie gesagt hatte, wenn Philip ihr Sohn wäre, würde sie ihn pausenlos vertrimmen.

»Ich geb ihr nich die Hand«, versicherte er schon jetzt, »ich schieß ihr tot.«

»Du schießt *sie* tot«, verbesserte sein Vater.

»Du wirst überhaupt nicht schießen«, sagte ich und beschloß, den Besuch bei Tante Inge vom Pfingstprogramm zu streichen.

Dann wurden wir alle zusammengefaltet und ins Auto gestopft. Zweieinhalb Personen, sieben Gepäckstücke und Spielzeug in einem zweisitzigen Sportwagen. Und die Dicke natürlich.

Bei der Dicken handelt es sich um eine solide gebaute, alte Spanielhündin. Sie klemmte seit dem frühen Morgen unterm Steuerrad, aus Angst, vergessen zu werden.

Die Dicke pflegte unser Auto vor Fremden zu verteidigen wie eine Adlerin ihre Jungen. Die Adlerin hatte der Dicken gegenüber bloß einen Vorteil: Sie bellte weniger. Wegen der Dicken konnten wir auch selten nach dem Weg fragen und wurden bevorzugt an polizeilichen Kontrollen abgefertigt. Kaum erreichten wir die Autobahn, ließ Philip einen Funkwagen über ihren breiten Rücken rollen und schrie dazu »Hüüüüahüüü! Achtung, Polezei! Bitte kommen! Autounfall! Alles kaputt! Bitte kommen! Ende!«

»Fahr bloß vorsichtig«, sagte ich zu seinem Vater.

»Sind wir bald da?« fragte Philip.

»Wir fahren ja erst los«, sagte sein Vater.

»Aber bald sind wir da, ja?«

Er fragte alle fünf Minuten. Langeweile ist was Schlimmes. Sein Sinn für die Reize vorbeiflitzender Natur war noch unterentwickelt. Einzig Raststätten erregten ihn. Sobald wir eine passierten, brüllte er: »Philip hat Durst.«

Ich bot ihm Apfelsaft aus der Thermosflasche an. Den wollte er nicht. Philip hat Durst auf Raststätte.

»Sind wir bald da?«

Ich erzählte ihm das Märchen vom Rotkäppchen. Rotkäppchen und der Hund – denn vom bösen Wolf wollte er nichts hören. Da Haushunde jedoch selten Omas fressen, stimmte die Story nicht mehr. Sie degenerierte zu einem harmlosen Familienbesuch mit Kuchen und Wein.

»Wir können vielleicht die Indianer kommen lassen, um die Spannung zu heben«, sagte ich.

»Au ja«, Philips Vater, »die skalpieren dann Großmutter. Das ist mal was anderes.«

Philip wollte wissen, was skalpiert bedeutet.

Wir sagten es ihm.

»Nein«, sagt er, »dann lieber fressen. Ist überhaupt ein doofes Märchen.«

Das fanden wir auch.

»Sind wir bald da?« Langeweile tut manchmal richtig weh. Philip packte seinen Buddeleimer aus und harkte meinen Hinterkopf mit einer Plastikforke und stülpte der Hündin den Eimer auf, und als es ihr reichte, stieg sie über den Sitz und plumpste auf meinen Schoß.

»Wenn wir bloß bald da wären«, sagte ich.

Beim Mittagessen in der Autobahnraststätte bestellte Philip Huhn und Nudeln und Eis. Er machte ein paar Kleckse aufs Tischtuch, ich deckte sie mit meiner Serviette zu und stieß dabei mein volles Rotweinglas um.

Die Dicke hatten wir eng an ein Stuhlbein gebunden. Jedesmal, wenn der Ober vorbeikam, ging sie mit dem Stuhl durch und dem Ober an die Waden. Den Tisch konnten wir noch gerade retten, den Ober nicht.

Er war ein gutmütiger, alter Mann, der selber Kinder, Enkel und Tiere durchlitten hatte und ihnen mit der nötigen Toleranz begegnete.

Philips Vater ließ für ihn ein großes, schuldbewußtes Trinkgeld auf dem Teller zurück.

Wir jagen schon wieder über die Autobahn, als Philip seine klebrige Faust vor meine Nase hielt.

»Rat mal, was Philip in Hand hat.«

»Keine Ahnung.«

Er öffnete die Finger und ließ mehrere Markstücke in meinen Schoß fallen.

»Hat Papi auf dem Tisch vergessen. Aber Philip hat aufgepaßt«, sagte er stolz.

»Was ist das?« fragte sein Vater.

»Das Trinkgeld für den guten, geduldigen, alten Ober«, sagte ich.

Es war ein wunderschöner Nachmittag mit langen, goldenen Lichtern auf grünen Weiden rechts und links. Und alle Bergspitzen fein säuberlich da – die ganze oberbayerische Laubsägearbeit.

Das Rindvieh käute wieder mit verträumten Blicken. Erinnerte an Vollmilch-Nuß.

»Halt mal an«, sagte ich und marschierte in die nächste Wiese hinein.

Kein pausenlos sprudelndes Kinderstimmchen. Keine Harke im Genick. Kein entnervter Hund. Kein Motorbrummen. Funkstille.

Und die Kuhglocken läuteten Pfingsten ein.

Ich legte mich unter eine knispernde Hecke und wünschte beinah, sie würden ohne mich weiterfahren. Man ließ mir zehn Minuten Wiesenglück. Dann wurde die Hündin auf meine Fährte gesetzt. Kam angeschossen, wuselte beglückt um mich herum. Sie war ja von Anfang an gegen die Anschaffung dieses Knaben gewesen, der unser friedliches Dasein auf den Kopf stellte und keine Rücksicht auf ihr Alter nahm.

Ihr wedelndes Hinterteil stieß gegen die Hecke. Da wuchs das leise Knispern in den Zweigen zu gewaltigem Brausen an. Der Himmel über uns verdunkelte sich. Hunderte von Maikäfern burrten nach allen Richtungen. Hinterließen kahlgefressenes Gesträuch und zwei zu Tode erschrockene Weiber.

»Was ist denn mit euch los?« fragte Philips Vater, als wir hechelnd auf den Wagen zuwetzten.

»Maikäfer! Tausende! und ich hab druntergelegen!«

»Hast du wenigstens welche mitgebracht?

»Geh du hin. Sind bestimmt noch 'n paar da.«

Er sammelte ein halbes Dutzend ein und sperrte sie in Ermangelung einer Schachtel ins Handschuhfach.

Früher hatte ich Maikäfer richtig gerne. Früher, ja.

Zehn Minuten vorm Tegernsee schlief Philip endlich ein. Wir stellten ihn auf dem Parkplatz einer Pension ab und ließen die Dicke als Wache bei ihm. Wenn er ihr auch ständig auf die Nerven ging – verteidigen tat sie ihn doch. Dazu pöbelte sie viel zu gern. Es war ein hübsches Hotel, in dem Philips Vater vor unserer Ehe abzusteigen pflegte. Die Besitzerin kannte ihn sofort wieder. »Also der Herr Doktor, nein, wie mich das freut!«

Nur an die Frau Gemahlin konnte sie sich nicht so recht erinnern – was keineswegs ihrem schlechten Gedächtnis zuzuschreiben war. Philips Vater war selten mit denselben »Gemahlinnen« hier abgestiegen. Das Hotel war vollbelegt – schließlich hatten wir Pfingsten, aber weil der Herr Doktor so ein seriöser, stiller Mensch war, quartierte die Wirtin zwei nicht so seriöse Amerikaner einfach zum Huber um und gab uns ihr Doppelzimmer mit Seeblick. Erst jetzt gestand Philips Vater, daß wir noch eine Kleinigkeit draußen im Auto hätten – an sich zwei Kleinigkeiten. Söhnchen und Hündchen. Alles beide stille, liebe Kerlchen – wie der Vater. Ich holte zuerst die Dicke herein. Sie zerrte und schnaufte an der Leine wie eine verhinderte Dampflokomotive und legte sich umgehend mit dem Hotelhund an. Danach soff sie aus einer Blumenvase. (In den Goldfischteich sprang sie erst am nächsten Tag.)

Philip benahm sich großartig. Gab sogar Hand. Sagte auf Befragen seinen Namen und sein Alter und bestellte nach langem, ernstem Überlegen Huhn und Nudeln und Eis zum Abendbrot. Kleckerte nicht einmal und verblüffte durch perfekte Tischmanieren.

Am Nebentisch fand man ihn süß. »Ein richtiger kleiner Lord.«

»Was ist ein Lord?« fragte Philip.

»Was Englisches«, sagte ich.

»Was zum Essen?«

»Nur im Notfall«, sagte sein Vater.

Philip ließ sich ohne langwieriges Feilschen und Argumentieren ins Bett bringen, das heißt aufs Sofa, das zu Füßen unserer Betten querstand.

Wir schoben Stühle vor und ließen eine Nachtischlampe brennen. Er schlief schon beinahe, als wir aus dem Zimmer schlichen.

Die Hündin schnarchte auf dem Teppich wie ein betrunkener Bierkutscher. Und in einem Seifenkarton mit Schlitzen im Deckel und Lindenblättern als Nahrung knirpsten die Maikäfer auf einem Stuhl neben Philips Sofa.

»Nacht, Mami. Nacht Papi.«

»Nacht, unser Schätzchen. Schlaf schön.«

Wir gingen zum Bachmayr und tranken Wein und brauchten dabei niemand ans Stuhlbein zu binden und niemand zu ermahnen.

Wir waren ein gepflegtes Ehepaar auf Reisen. Ganz lässig. Ohne krampfhafte Wachsamkeit. Ohne diesen nervösen Zug um den Mund.

»Dein Wohl.«

»Ja, du auch.«

»Es ist mal herrlich – so ganz ohne.«

»Wundervoll.«

Mir fiel ein anderes Pfingsten vor fünf Jahren ein. Sonntagmorgen, sieben Uhr früh in einer Gartenwirtschaft am Wannsee. Das traditionelle Pfingstkonzert fand statt. Eine Blaskapelle mit großen, blanken Instrumenten, in denen die Sonne im grellen Dur blitzte. Ihr Programm war reichhaltig – »Untern Linden, untern Linden«, »Es war in Schöneberg, im Monat Mai«, »Frau Luna« als Potpourri und dann »Komm, lieber Mai, und maaache…« Dasselbe so getragen geblasen, als ob der Pfingstsonntagmorgen auf einer Lafette hinterhergezogen werden sollte. Wir waren eine größere Clique, die warmes Helles trank und Spiegeleier aß auf Speck, der nicht durchgebraten war. Es schmeckte alles ziemlich scheußlich, vor allem so früh am Morgen.

Bei der Ouvertüre zu »Orpheus in der Unterwelt« stieß der Herr W. mit seinem schwarzen Spaniel zu uns. Damals war die Dicke noch ganz zierlich.

Die Fortsetzung dieses Vormittags fand in einem Motorboot auf den Havelseen statt und endete mit einem ausgewachsenen Kater für alle Pfingstfestteilnehmer. Und mit einem nachhaltigen Interesse des Herrn W. für mein weiteres Schicksal.

Nun ist mal wieder Pfingsten.

»Möchtest du noch was essen?« fragt er.

»Huhn und Nudeln und Eis«, sage ich.

Und er sagt: »Wetten, daß er sich die Dicke ins Bett geholt hat?«

Über dem See hängen weiße Schleier, als wir zum Hotel zurückgehen. Einsame Lichter zittern an schwarzen Berghängen.

Philips Vater sieht zuerst den wuchtigen Gegenstand im Blumenkasten unseres Balkons. Der Gegenstand muß uns auch gesehen haben, denn er stößt kleine, glückliche Beller aus.

Um Himmels willen! Die Dicke als Geranie!

»Braaaves Hündchen! Schön brav sitzen bleiben! Braaav!« flüstern wir beschwörend aufwärts und stürmen das Hotel.

In unserem Schlüsselfach liegen mehrere Zettel.

»Ihr Sohn hat dem Hausdiener geschellt.«

»Ihr Sohn hat dem Mädchen geschellt und Coca-Cola verlangt.«

»Ihr Sohn hat mehrmals telefoniert.«

Philip schläft fest, als wir das Zimmer betreten. Sein Vater hebt die Hündin aus den Balkongeranien. So behutsam, als ob es sich um eine Schlafwandlerin handelt.

»Wir dürfen sie eben nicht allein lassen«, sagt er.

»Nein«, sage ich, »nie wieder. Es kann zu leicht was passieren.«

»Ja eben«, sagt er. »Stell dir vor, der Junge hätte im Blumenkasten gehockt.«

»Und die Dicke hätte telefoniert! Stell dir mal vor!«

Aber das Schlimmste steht uns und dem Hotel noch bevor. Und zwar um fünf Uhr früh.

Zu dieser Stunde durchbricht Philip im Schlaf das Stuhlgitter vor seinem Sofa und plumpst unsanft auf die Dielen. Er brüllt, erwachend, wie am Spieß. In seiner Hast, das Brüllen abzustellen, tritt sein Vater im Dunkeln mitten in die Dicke hinein. Stolpert. Reißt den Stuhl mit den Maikäfern um. Die Dicke quietscht. Philip brüllt. Ich finde endlich den Knipser der Nachttischlampe.

Nun ist es hell, aber deshalb nicht leiser. Wir stopfen Gummibären in das Gebrüll und halten der Hündin die Schnauze zu, und in diesem Augenblick burren zwei Maikäfer plump und stark wie Transportflugzeuge auf meine Nachttischlampe zu, klatschen dagegen, fallen wie betäubt auf mein Laken, leider nur kurz betäubt, burren weiter, jetzt schrei auch ich. Und Philip: »Meine Maikäfer! Meine Maikäfer!!!« Rechts und links und auch von oben klopft es mahnend. Das Hotel ist wach, zumindest auf unserem Flügel. Ich komme mir vor wie in einem Klamottenfilm aus der Stummfilmzeit, bloß mit Ton. Mit sehr viel Ton. Bei dem Versuch, einen ausgebrochenen Maikäfer einzufangen – Philip verlangt, daß sie eingefangen werden, ich auch, sonst kann ich nicht schlafen, sagte ich schlafen? – bei dem Versuch also, den Käfer zu fangen, stößt Philips Vater gegen Philips Köfferchen und setzt dabei die mitgebrachte Spieluhr in Gang.

Sie klimpert ein paar Takte »Stille Nacht«.

>Stille Nacht, heilige Nacht,
alles schläft, einsam wacht
nur das traute, hochheilige Paar…«

…und sein Sohn. Und sein Hund. Und das ganze Hotel mit ihnen.
Wir sehen uns an und grinsen. Total entschärft.
»Frohe Pfingsten«, sage ich.
Um halb sieben Uhr früh, als der Ort noch schläft und der Nebel den
See zudeckt, geht der Vater mit dem Sohn durch die menschenleeren
Straßen spazieren. Philips schrilles Stimmchen plätschert heiter durch
die Stille, und die Dicke trabt mürrisch, weil unausgeschlafen, hinter ihnen her. Ich hatte ihnen nachgedroht: »Kommt mir nicht vor neun zurück in dieses seriöse Hotel, in dem der Herr Doktor mit seinen falschen
Gemahlinnen so einen fabelhaften Eindruck hinterlassen hatte – und
mit seiner echten Familie so gar keinen fabelhaften.« Die Maikäfer rei-
sten noch tagelang mit uns von Hotel zu Hotel. Dann krepierte der erste
und erhielt ein Staatsbegräbnis, dann der zweite, der dritte… auch
Trauerfeierlichkeiten nutzen sich bei zu vielen, schnellen Wiederho-
lungen ab. Die letzten drei haben wir ins Klo gespült. Und Pfingsten
sind wir nie wieder verreist.

*Laufmaschen, Sommersprossen, Polizisten…*

Es reicht von Potsdam bis Grunewald, von einem Horizont zum an-
deren.
Was ist das?
Ein Regenbogen.
»Was ist ein Regenbogen?«
Lieber Himmel, was ist ein Regenbogen nun wirklich?
Eine atmosphärische Lichterscheinung durch Spiegelung und Bre-
chung der Sonnenstrahlen in Regentropfen zusammen mit Interferenzerscheinungen. Aber was fängt ein Dreijähriger damit an.
Für ihn sind Sterne die Sommersprossen der Nacht, Kondensstreifen
die Laufmaschen im Himmel seinem Strumpf. Der Mond hat eine Bat-
terie, die er tagsüber ausknipst. Die Sonne beißt ihm mit ihre Zähne immer in die Äugen. Weiße Wolken sind Polizisten des Himmels, die auf-
passen müssen, daß die dunklen Wolken nicht herunterfallen und ihn
plattdrücken.

In diese handfeste Himmelswelt passen keine Interferenzerscheinungen. Ich sage, da hat die Sonne ihren Pinsel in den Regen getaucht und in ihren Tuschkasten, und da hat sie die Brücke an den Himmel gemalt.
Warum?
Weiß ich auch nicht.
Warum??
Na, vielleicht – damit unsere Blicke keine nassen Füße kriegen, wenn sie nach dem Gewitter über den Himmel wandern.
Ob er wohl mit seinem Dreirad über den Regenbogen fahren kann?
Versuch's mal, sage ich, aber beeil dich. Er hebt schon das eine Bein von der Erde. Philip holt sein Kinderrad und fährt in der Eile die Treppe hinunter. Das gibt Heulen und Gebeul.
Und der Regenbogen hat nicht auf ihn gewartet.


*Wenn es regnet an der See...*

Es regnet, regnet und stürmt nun schon drei Tage. Aber die Nordsee ist ja so gesund für Kinder. Auch wenn sie an der Nordsee im Zimmer hocken müssen. Sie bleibt gesund!!
Nach dem Kalender ist es Juli. Manche Leute trinken schon zum Frühstück Grog.
Wir sind leider nicht auf Sylt. Wir sind da, wo nichts passiert – außer Sturm und Regen. Kein Auto, kein Hallenbad. Keine Bar.
Bloß Insel. Und Regen. Und Rheuma in allen Knochen. Beim Aufwachen frage ich mich, wozu ich überhaupt aufwache. Ich könnte natürlich weiterschlafen, endlich einmal richtig ausschlafen. Aber ich bin ja nicht alleine hier. Ich habe meinen lieben, kleinen Sohn bei mir.
Morgens um sieben weckt er mich mit der Frage, ob wir für den Weihnachtsmann Zigarren besorgen müssen. Gleich darauf spüre ich etwas Starres, Pikendes im Mund, einen Draht, dessen anderes Ende im Tankverschluß eines verbeulten Lastwagens klemmt.
Philip bedauert die neuerliche Störung aufrichtig. Aber irgendwo muß er schließlich auftanken. Muß ich verstehen.
Gegen acht Uhr zieht er mir endgültig die Decke fort, mit der sachlichen Feststellung: »Kannstu dich wundern, ist dir jetzt kalt.« Verläßt unser Zimmer und brummt mit seinem Laster den Flur entlang. Es ist die wirksamste Methode, die übrigen Gäste im oberen Flur zu wecken. Jetzt sind alle wach und mürrisch auf. Was macht er nun?

Auf keinen Fall waschen.

Frühstücken ja.

Den Spaniel mit Sonnenöl einschmieren.

Reißzwecken in einen Apfel hämmern.

Sämtliche Türen und Fenster mit Garn verbinden.

Ein Bild malen: Donald Ducks Großvater als braungebratener General.

Ein ältliches Fräulein in seinem Zimmer besuchen. Es hat immer Schokolade. Es hat auch heute Schokolade. Zum Dank dafür erzählt er ihm: »Wir sind sehr reich. Wir haben zu Hause einen Eisschrank voll Groschen. Staunstu, was?« Das Fräulein möchte ihn umarmen, aber das wehrt er bedauernd ab. »Leider, leider nich. Wegen stinkstu ein bißchen nach Motten.« Und ist schon draußen auf dem Flur. Wo er ein kleines Mädchen trifft. Mit hellen Zöpfen. Heißt Manuela. Bei gutem Wetter übersieht Philip Manuela. Bei Dauerregen ist das was anderes. Da braucht er jeden, der ihm begegnet.

Manuela ist glücklich über sein unverhofftes Interesse für sie und bietet ihm ihr Segelboot zum Spielen an.

»Lieber schenken«, sagt er.

Manuela schenkt ihm das Boot.

»Wie nett die Kinder heute zusammen spielen«, sagt Manuelas Mutter.

Philip führt Manuela in den Schuppen vorm Haus. Im Schuppen stehen Fahrräder und Geräte und Flaschen und die Gartenschläuche. Hinter einem Balken hängt eine rostige Schere. Philip weiß das. Er weiß überall ziemlich gut Bescheid.

»Guck mal, Schere.«

Manuela strahlt. Sie unterwirft sich ihm bedingungslos... und ahnt nicht, wie ihn das langweilt. Er braucht Widerstand, wenigstens ein bißchen. Irgendwann müßte sie doch einmal protestieren!

»Warum sind deine Haare so komisch geflochten?« fragt er.

»Das sind Zöpfe«, sagt sie und holt einen über die Schulter.

»Soll ich mal – « fragt er.

Manuela nickt freudig. Manche Mädchen sind, was Jungen anbelangt, von klein auf richtig töricht. Philip nimmt die rostige Schere in beide Hände, so hat er mehr Kraft.

Als der Zopf auf dem Schuppenboden liegt, fängt Manuela an zu brüllen. »Mutti – Muttiii – der Philip hat meinen Zopf geschnitten – «

»Petze«, denkt er unbehaglich und beschließt, trotz des Unwetters ein Stück in die regengepeitschten Dünen zu wandern.

Aber man holt ihn schnell ein. Stimmen kreischen auf ihn nieder. Seine Backe brennt. Vor seinen blinzelnden Augen baumelt anklagend der amputierte Zopf, mit einem Schießgummi unten zugebunden. Na und – wenn die dumme Gans still hält? Schließlich hat er sie vorher gefragt, ob er darf, und sie hat ja gesagt..

Philip erhält Stubenarrest. Das ist ihm in Anbetracht der schlechten Stimmung im Haus ganz angenehm. Unten streiten sich die Erwachsenen ohne ihn weiter. Sein Zimmer hat eine Ofenklappe, die man als Haustelefon benutzen kann. Wenn er oben hineinbellt, knurrt sein Hund in der Küche. Das Telefonieren wird ihm verboten.

In der Kofferkammer im Dachgiebel findet er einen alten Regenschirm, den andere Feriengäste hier vergessen haben. Philip spannt ihn auf. Oben hat er ein Loch, da kann er seine Taschenlampe hineinstopfen. Es leuchtet grün auf ihn nieder.

Schade, daß er den Zopf nicht haben darf. Was man mit einem Zopf

alles anstellen könnte. Aber dann findet er einen Pappkarton und Seifenpulver unterm Waschbecken. Mit einem Paket Seifenpulver läßt
sich ein Pappkarton spielend weichschrubben. Gerade als er einen ge-
klauten Küchenwecker so lange schwimmen läßt, bis das Wasser in
ihm auf drei Viertel vier steht, komme ich herein.

»Na?« fragt er. »Noch böse? Hat's noch immer nicht nachgelassen?«

Ich schau aus dem Fenster auf tristes Grau über sturmgepeitschten
Dünen. Baumlose Mondkrater. Noch nicht einmal Mittag und schon
soviel passiert. Im Haus nebenan ist im Zimmer oben rechts eine Mutter aus Darmstadt mit drei kleinen Kindern untergekommen.

Was macht wohl eine Mutter mit drei kleinen Kindern bei anhalten-
dem Unwetter in einem engen Pensionszimmer so alles durch!? Was
wohl? Urlaub?

*Falsche Zähne*

Ich lasse mir zwei Jacketkronen machen. Philip darf zugucken. Steht
neben dem Zahnarzt auf Zehenspitzen und guckt fasziniert in meinen
Mund hinein.

Registriert alles, warum auch nicht, er ist ja noch so klein, erst drei,
da darf er ruhig noch meine Schäden kennen.

Am nächsten Tag fliegen wir nach Düsseldorf.

Die Stewardess schenkt ihm eine Fliegernadel.

Zum Dank dafür erzählt er ihr: Meine Mami hat neue Zähne.

Auch dem Kopiloten teilt er das mit.

Dann sage ich, nun setz dich wieder hin, und schau dir die hübschen
Wolken an.

Fünf Minuten hockt er wirklich, dann glitscht er vom Sitz und trödelt
von Reihe zu Reihe – lächelt die Passagiere an, sie lächeln zurück, er
ist ja auch ein süßer Bengel.

Sie lächeln, und er sagt: Du hast falsche Zähne.

Sie lächeln nicht mehr.

Philip genießt sichtbar die miese Stimmung, die er unter den Passa-
gieren stiftet.

Onkel hat falsche Zähne – Tante hat auch falsche Zähne.

Kommst du wohl! Sofort kommst du hierher, fauche ich.

Tante hat viele falsche Zähne.

Das ist ja gar nicht wahr, du ungezogener Bengel, die sind noch alle echt bis auf den hier..! protestiert Tante.

Diskussionen bilden sich über Zähne im besonderen und die heutige Jugend im allgemeinen. Taktlos. Vorlaut. Frech. Unerzogen. Wo soll das noch mal hinführen, wenn es jetzt schon bei den Kleinen anfängt. Aber daran ist bloß diese verrückte, neumodische Erziehung schuld, aus Amerika kommt die, und da sieht man ja auch, was aus der Jugend geworden ist, die so erzogen wurde. Aber bei uns ist es heute schon genauso schlimm. Das werden alles mal Revolutionäre und Zerstörer der bürgerlichen Ordnung, armes Deutschland, der Sohn meines Bruders,

na, ich sage Ihnen, aber ich habe meinem Bruder gleich gesagt...

Sie ereifern sich noch, als die Maschine zur Landung ansetzt.

Philip, der Anlaß für alle düsteren Prophezeihungen, ist längst auf seinen Fensterplatz zurückgekehrt und ausbruchsicher angeschnallt. Mit kleinen, höflichen Verbeugungen und einer Engelstimme begrüßt er die Schafherden, die zwischen den Landepisten grasen.

Guten Tag, liebe Schäfchen, sagt er zum Fenster hinaus, guten Tag. Philip ist wieder mal da.


*Prügelstrafe*

Das Maß ist voll, der Zorn ebenfalls. Ich hole den Ausklopfer aus dem Besenschrank.

Er ahnt, was auf ihn zukommt. Türmt aber nicht, so was macht er nicht. Hält sich bloß schützend die Ohren zu.

»Hau doch!« knirscht er.

Ich schlage zu. Treffe ungefähr. Die Wirkung ist ausschließlich eine moralische. Meistens vertrimme ich meine eigenen Waden. Oder den Teppich. Der wundert sich nicht. Er kennt den Ausklopfer – allerdings sonst nur an Freitagen. Heute ist Montag.

Philip windet sich wie ein Aal. Versuche mal einer, einen Aal zu verdreschen!

Wir verlieren beide das Gleichgewicht bei diesem akrobatischen Unterfangen. Landen nebeneinander auf dem Teppich.

Er schaut mich an, krebsrot und interessiert: »Na – ist dir jetzt wohler?«


*Zwei mögen Tante Wera nicht*

Robbi lutschte Bonbons und guckte auf das weiße Wattenmeer, über das die Maschine flog. Er dachte, wenn wir jetzt abstürzen, fallen wir ganz weich.

Hinter ihnen lag ein Kurzurlaub an der Atlantikküste. Robbis Vater hatte allein fahren wollen, aber im letzten Moment gab man ihm den Jüngsten mit. Die Wohnung wurde renoviert, und es hatte sich herausgestellt, daß Robbis bei Renovierungen störten.

»Hat's dir gefallen, Robbi?«

»O ja. War schön.«

»Was wirst du alles zu Hause erzählen?«

»Daß es schön war.«

»Und sonst?«

»Das von der Kuh und der Ölfarbe, das lieber nich«, sagte Robbi. »Du erzählst vielleicht auch nichs.«

Sein Vater versprach es und fügte mit jener pflaumenweichen Pädagogik, bei der der erhobene Zeigefinger leichte Knicke aufweist, hinzu: »Du weißt, Robbi, man darf nicht lügen. Aber man muß auch nicht alles erzählen. Was nicht bedeutet, daß du irgend etwas verschweigen sollst. Ich meine, wir Männer mögen ruhig ein paar Geheimnisse miteinander haben. Zum Beispiel die angestrichene Kuh und daß du einmal beinah ertrunken bist. Und öfter bis zehn aufbleiben durftest.«

»…daß du die Tante Wera beim Tanzen hingeschmissen hast und vielen Schnaps…«

»Das«, unterbrach ihn sein Vater sanft, »müssen wir auch nicht unbedingt erzählen.«

Und so kommen sie heim.

Robbi packt im renovierten Kinderzimmer seine Mitbringsel aus: eine große, rosa Muschel mit Meeresrauschen für Susi und einen getrockneten Seestern für Tom.

Die großen Geschwister fragen zum Dank dafür:

»Na, Robbi, wie war's denn? Erzähl mal.«

Robbi überlegt erst sorgsam, ob er auch kein männliches Geheimnis preisgibt, wenn er die Geschichte mit dem Auto erzählt. Aber an der sind weder sein Vater noch er selbst beteiligt gewesen. Robbi sagt: »Das Schönste war, wie die Tante Wera mit ihrem Auto an die Mauer vom Hotel gedonnert is. Krachpengbum.«

»Tante Wera?«

»Ja doch, sie is aus Versehen aufs Gas getreten und nich auf die Bremse.«

»Tante Wera?« fragt seine Schwester noch einmal.

»In die Mauer. Mit ihrem VW. Vorne war alles kaputt.«

»Wer ist Tante Wera?«

»Papis Freundin«, sagt Robbi.

Seine Geschwister sehen sich an. »Bist du sicher, Robbi?«

»Klar. Sie mußte abgeschleppt werden.«

»Wie sieht sie denn aus?«

»Vorne alles kaputt, sage ich doch. Stoßstange. Schweinwerfer. Kühler.«

»Und die Tante Wera?«

»Der ist nix passiert.«

Wie die Tante Wera aussieht!!

Hingerissen von dem Interesse, das seine großen Geschwister endlich
einmal für seine kleinen Geschichten aufbringen, packt Robbi aus.

»Sie hat gelbe, lange Haare. Bis hier so. Ein rundes Gesicht und rote
Lippen und eine Nase.«

»Ist sie hübsch?«

Das kann Robbi nicht sagen. Er beurteilt Menschen noch nicht nach
hübsch und häßlich, sondern nach nett und nicht nett und nach ihren
Geschenken.

Tante Wera ist nett.

Ob sie groß ist oder klein?

»Größer wie Papi.«

»Jung?«

»Ja.«

»Wie alt, Robbi?«

»Na, so fünfzig.«

»Aber dann ist sie doch nicht mehr jung.«

»Doch«, beharrt Robbi.

»Dann ist sie vielleicht dreißig?«

»Ja«, sagt Robbi, »dreißig is sie.«

Zählen kann er erst bis zwölf. Was darüber ist, ist ihm alles recht.

Hat die Wera im selben Hotel gewohnt?

»Über uns«, sagt Robbi.

Aha. – Ob sie den Vater geduzt hätte?

»Duzen?« fragt Robbi. »Was is duzen?«

Susi erklärt es ihm.

»Kann sein. Weiß nich mehr.«

»Was war abends?«

Robbi eilfertig: »Abends war ich immer um sieben im Bett.«

»Und Papi?«

»Der nich«, sagt Robbi, »hab schon geschlafen, wenn der kam.«

Robbi weiß noch nicht, daß es Tanten gibt, die einem Vater gefährlich werden können. Er weiß nur, daß es Tanten gibt, die kleinen Jungen mit ihren unerwünschten Zärtlichkeiten auf den Wecker fallen. Seine großen Geschwister dagegen sehen in dieser gelbhaarigen, ihren Va-

ter überragenden, zwischen Dreißig und Fünfzig angesiedelten Wera eine Gefahr für ihr Familienleben. Sehen häusliche Szenen, Trennung, Scheidung, eine leidende Mutter, gerichtlich festgelegte Besichtigungszeiten für den Vater voraus und – eine gelbe Stiefmutter.

Sie sind alarmiert. Beobachten von Stund an ihren Vater. Wo geht er hin? Sieht er diese Wera? Und wenn, wie oft? Wo wohnt sie wohl?

»Robbi, wo wohnt die Tante Wera?«

»Nich hier, aber auch nich sehr weit weg. Hab vergessen, wo.«

Susi ist eifersüchtig. Wie kommt der Vater dazu, mit einer wildfremden Person zu poussieren. Dafür hat er schließlich seine Tochter. Sie bespricht sich mit ihrem Freund Kai.

Kai sagt: »Na und? Was regst du dich auf? Väter sind schließlich auch bloß Menschen.«

Andere Väter schon. Aber der eigene? Nur die Mutter begegnet ihm noch herzlich, wenn er nach Hause kommt. Und Robbi natürlich. Krachpengbum.

Robbi baut eine Garage für seine Lkw. Susi und Tom hocken sich zu ihm.

»Erzähl noch mal, Robbi. Wie war das mit der Tante Wera?«

»Also«, sagt er und klemmt einen blauen auf einen weißen Stein, »sie is aus Versehen aufs Gaspedal getreten –«

»Jaja, das wissen wir schon. – Was war mit Papi und ihr? War sie nett zu ihm?«

»Ja.«

»Hat sie ihn geküßt?« fragt Tom.

»Sie wird ihn schon nicht vor Robbi geküßt haben«, sagt Susi.

»Doch, hat sie«, sagt Robbi, »wie wir abgefahren sind.«

»Weißt du, wie sie heißt?«

»Tante Wera.«

»Mit Nachnamen, Robbi!!!«

»Weiß nich. Vielleicht Müller, vielleicht Schmidt. Frag doch Papi.«

»Der ist verreist.«

»Vielleicht weiß es die Mutti«, sagt Robbi und steht auf, um zu ihr zu gehen. Er ist ja gerne gefällig.

Und fühlt sich im gleichen Moment vierhändig und grob niedergedrückt, von drohenden Stimmen überschüttet: »Wehe, wenn du Mutti fragst! Wehe!«

Jetzt wird Robbi störrisch. Jetzt sagt er überhaupt nichts mehr. Können sie noch so bitten.

Wochen später.

Susi hat eine Verabredung mit Kai. Sie wollen Blumen kaufen für den Geburtstag der Mutter. Im letzten Augenblick schließt sich Robbi ihnen an, die Hand voll Münzen. Er will auch was kaufen. Er will mit.

Kleine Brüder stören gerne. Dafür sind kleine Brüder schließlich da.

Robbi trabt also unerwünscht hinter den beiden her zum Blumenladen. Genießt die Straße. Autos. Lärm. Einen kleinen Hund.

»Komm endlich, Robbi, komm.« Kleine Brüder rennen entweder weg, oder sie trödeln hinterher. Kleine Brüder sind wirklich was Lästiges.

Bleibt der Robbi doch plötzlich stehen und stiert gebannt in eine Richtung, Grün kommt, Kai und Susi wollen auf die andere Straßenseite.

Robbi sagt: »Da is sie.«

Susi packt seinen Arm und zerrt ihn über den Damm.

Kleine Brüder kosten Nerven.

»Da war sie aber«, sagt Robbi, als sie drüben sind.

»Wer denn, herrgottnochmal?«

»Tante Wera«, sagt Robbi.

»Wo?« schreit Susi und schüttelt ihn. »Wo, Mensch? Warum hast du das nicht gleich gesagt?«

Große Schwestern kosten auch Nerven.

»Ich hab's gesagt«, sagt Robbi, »ich habe gesagt: Da is sie.«

»Wo?«

»Na, da.« Er zeigt auf eine blonde, große, junge Frau im braunen Hosenanzug auf der gegenüberliegenden Straßenseite. Umgeben von bunten Tragetüten steht sie da, wie ein vorm Laden angebundener Hund immer in die gleiche Richtung blickend.

Kai pfeift anerkennend durch die Zähne.

»Du sei ganz still«, droht Susi.

Tante Wera wartet offensichtlich auf jemand.

Susi, Kai und Robbi warten auf das, worauf Tante Wera wartet.

Robbi wird es langweilig. Außerdem möchte er zur Tante Wera hinüber und sie begrüßen. Vielleicht hat sie Bonbons in ihren Tüten.

»Sie ist bestimmt mit unserem Vater verabredet«, sagt Susi. Aber das Ding werde ich ihnen versalzen.«

Sie warten. Sie warten ziemlich lange. Robbi sitzt längst auf dem Pflaster und singt sich eins. Dann fährt auf der Drübenseite ein Wagen vor, hält, ein Mann, der nicht ihr Vater ist, steigt aus, verlädt alle Taschen und Tüten und Tante Wera selbst.

Sie fahren ab.

»Findste das?« staunt Kai.

»So ein Aas!« Susi flammt lichterloh vor sittlicher Empörung. »Betrügt meinen Vater mit einem andern!«

»Typisch Weiber«, sagt Kai.

»Das war Onkel Herbert«, sagt Robbi.

»Onkel Herbert? Wer ist denn Onkel Herbert, Robbi, sag doch mal.«

»Na, der Mann von Tante Wera.«

»Sie hat einen Mann?«

»Ja, aber der is nich so nett.«

»Woher weißt du, daß sie einen Mann hat?«

»Weil der auch da in den Ferien war, wo wir waren.«

Susi fällt über ihn her: »Und warum hast du das nicht gleich gesagt?«

Robbi mag das nicht, wenn man ihn anschreit.

»Warum denn«, sagt er gekränkt, »warum soll ich vom Onkel Herbert erzählen, wenn es nicht der Onkel Herbert, sondern die Tante Wera war, die in die Mauer gedonnert is, krachpengbum. Wie das passiert ist, war der Onkel Herbert schon abgereist.«

Susi und Kai sehen sich beinah erleichtert an. »Na also. Also doch.«

Robbi mißtrauisch: »Wieso na also doch?«

Kai: »Hätte mich auch gewundert, wenn da nichts gewesen wäre.«

Susi: »Mich auch. Sag mal Robbi…«

»Nein«, sagt Robbi. »ich sag nichts mehr. Gaa nichs. Könnt ihr mir aufn Kopp stellen. Fällt kein Wort mehr raus.«

*Der Freund*

Die meisten aus deiner Klasse kennen sich schon vom Kindergarten her. Sie stehen auf dem Hof, etwa zwei Dutzend nagelneue Mützen leuchten wie halbierte Orangen.

Du gibst mir einen ganz schnellen, möglichst unsichtbaren Kuß und läufst voll Freude auf sie zu, wirst dann merklich langsamer, als niemand Notiz von dir nimmt. Bleibst schließlich in zwei Meter Entfernung stehen und schaust dem Ringkampf von zwei Riesenmädchen zu. Du bückst dich zu deinem Schuhband, Beschäftigung vortäuschend, und schneidest Grimassen in die Luft – deine Vergangenheit ist beinahe schmerzhaft. Jetzt hopst du auf einem Bein. Ein verlassenes Storchenjunges. Du siehst dich nach mir um. Es ist ebenso peinlich wie gut, daß ich noch da bin.

Ich ahne, was du durchstehst. Neu und fremd in einem Kreis zu sein, der untereinander so vertraut ist und keinen Neuen, keinen Fremdling nötig hat – das ist ein sehr unbehaglicher Zustand. Da braucht man alles Selbstbewußtsein, das man besitzt, sonst hat man plötzlich zwei linke Füße und viel zu lange Arme und einen Stock im Kreuz und im Gesicht dieses Lächeln voll tapferer Einsamkeit. Deiner Mutter geht es heute manchmal noch so. (Vor allem auf Cocktailpartys.) Aber, daß es dir jetzt so gehen muß!

Plötzlich kommt ein Junge auf dich zu und nimmt dich bei der Hand, und alles an dir hüpft vor Glück und Erleichterung.

Ich steige beruhigt in den Wagen und fahr nach Hause.

Aber dieser Junge wird nicht dein Freund. Du willst ihn nicht, weil er dir zu ähnlich ist. Du möchtest in deinem Schulfreund nicht deine eigene Schüchternheit, deine Sensibilität, die dir das Leben manchmal schwer macht, deinen Hang zum Träumen wiederfinden.

Du spürst: Dieser Junge ist nicht nur ein Neuer wie du – er wird auch mit dir ein Fremder in der Gemeinschaft bleiben.

Der Junge fürchtet sich vor den Schlägern in der Klasse. Er sucht Schutz bei dir, und darum verachtest du ihn ein bißchen – wie sehr du dich auch im geheimen selber fürchtest. Aber du zeigst es nicht. Du schlägst mit ungeübten Fäusten zurück. Jeden Mittag, wenn du aus der Schule kommst, frage ich dich: »Hast du schon einen Freund?«

»Nein, noch nicht. Aber es ist nich schlimm«, tröstest du mich, »es sind noch mehr allein.«

Am siebten Schultag kommst du leuchtend nach Hause. Beim Mittagessen sagst du: »Mami, du hast mich heute noch gar nicht gefragt, ob ich einen Freund gefunden habe.«

Halleluja! Er ist da!

Du hast dir den stämmigsten Krakeeler aus der Klasse ausgesucht, einen, der niemals unter verlegenen Armen leidet – so wie du. Denn seine Arme bestehen nur aus Fäusten und Ellbogen.

Und wenn du auch sonst nicht viel Gutes von ihm lernen wirst: Wenn er dir nur einen Schuß Rücksichtslosigkeit beibringt und die Fähigkeit, dir dein Recht zu erkämpfen, so will ich ihm dankbar sein dafür. Je besser du dich verteidigen kannst, desto weniger wirst du angegriffen werden.

Und desto eher wirst du dir einen Freund leisten können, der wirklich zu dir paßt.

Für drei Uhr bist du mit dem Jungen verabredet. Bereits um zwei Uhr klingelt es Sturm am Gartentor. Verlegene Stimmen kichern in den Sprechapparat. Dein neuer Freund hat noch zwei Knaben mitgebracht.

Es ist das erste Mal, daß du mit anderen so einfach abhauen darfst. (Du ahnst natürlich nicht, daß ich euch ein Stück nachgehe. Es ist nur wegen der Fahrbahnen, die ihr überqueren müßt.) Ihr rennt, springt beim Rennen, vor allem du. Deine Arme flattern. Deine Stimme kräht jubelnd. Mit Bocksprüngen begrüßt du einen neuen Abschnitt Selbständigkeit.

Nun bist du flügge.


## Das schöne Lied

Wir haben Besuch von einer alten Dame. Philip muß hereinkommen und guten Tag sagen und sich anhören, wem er zur Zeit am ähnlichsten sieht. Und erzählen, wie es ihm denn in der Schule gefällt und ob die Lehrerin mit ihm zufrieden ist und ob er schon eine kleine Freundin hat. All solchen Kram.

Man sieht Philip richtig an, wie er leidet. Die alte Dame fragt: »Habt ihr schon ein hübsches Lied gelernt?«

Philip: »Ein hübsches und ein doofes.«

Alte Dame: »Na, dann sing doch mal, Bübchen.«

Philip, sonst überhaupt kein Freund von musikalischen Darbietungen, hebt sofort an:

>     »Hurra, ich bin ein Schulkind«, und so fort.

Die alte Dame: »Bravo, das ist aber wirklich ein hübsches Lied.«

Philip: »Nein, das ist das doofe Lied. Das singen wir in der Klasse. Das Schöne singen wir auf dem Hof:

>     Parademarsch, Parademarsch,
>     der Leutnant hat ein Loch im Arsch!«

Die alte Dame will in Ohnmacht fallen. So eine unmögliche Jugend! Philips Großmutter aber sagt sinnend: »In meiner Jugend, als wir das

Lied sangen, war er noch Hauptmann. So ändern sich die Zeiten.«

*Regeljon*

Regeljon ist ein Fach, das fängt mit Beten an und hört mit Beten auf, sagt Philip nach der zweiten Religionsstunde.

Und was lernt ihr dazwischen?

Wie Gott die Erde gemacht hat.

Erzähl mal, sage ich.

Es hat sechs Tage gedauert. Dann war alles fertig – Himmel und Land und Licht und nachts. Dann hat er alles, was nicht Land sein sollte, vollaufen lassen, es lief voll und soff ab. Auf den Rest hat er Bäume und Blumen und Tiere und Menschen gepflanzt, und für das Wasser hat er Fische gemacht. Aber das war an 'nem andern Tag.

Und dann?

Dann hat die Regeljonslehrerin gesagt, wir dürfen malen, was wir wollen.

Und was hast du gemalt?

Na, Panzer, Mensch.


Martin Luther war ein großer Evangele. Er hat das Krankenhaus erfunden, in dem Oma gestorben ist.


Philip lernt das sechste Gebot:

Du sollst nicht erbrechen.


In sein Religionsheft hat er geschrieben:

Gottes Rad ist wunderbar.


Adam und Eva waren die ersten Menschen. Die kriegten Kinder. Das wurden die ersten Erwachsenen.


*Der Anruf aus London*

Ich erwarte dringend den Anruf eines Fernsehproduzenten. Er hat mir mitteilen lassen, daß er mich an diesem Nachmittag aus London anrufen wird.

Ich bin gerade im Bad, als das Telefon klingelt. Jemand muß den Hörer abgenommen haben, denn es klingelt nicht weiter. Also war der Anruf nicht für mich.

Fünf Minuten später verlasse ich das Bad und höre es bellen. Hoch und tief, freudig und böse. Es knurrt auch mal.

Aber es ist nicht der Hund, der bellt und knurrt, sondern Philip am Telefon. Ich komme gerade dazu, wie er in den Hörer hineinlauscht

und bedauernd sagt: »Jetzt bellt er nicht mehr.«

Ich frage: »Wer war denn dran?«

»Dein Fernsehonkel«, sagt er.

»Aus London?« schrei ich.

»Kann sein.«

»Und warum hast du mich nicht gerufen?«

»Ich habe ihm gesagt, du bist auf dem Topp, er soll warten.«

»Ich war nicht auf dem Topf.«

»Ich hab's ihm aber gesagt.«

»Philipppp!«

»Warum schreist du mich an?«

»Warum hast du mich nicht gerufen?«

»Weil du auf dem Topp warst.«

»Ich war nicht auf dem Topf, herrgottnochmal!!!«

»Ich hab's aber gedacht. Und ich hab gebellt, damit er weiß, daß ich noch in der Leitung bin.«

»Und er?«

»Hat wiedergebellt. Was sollte er machen!?«

»Fünf Minuten lang?«

»Kann sein, daß es so lange war. Er bellt wie ein Dackel, weißt du«, sagt Philip und geht fort.


*Philip und Rolfi*

Philip: Karla ist meine zweitbeste Freundin.
Rolfi: Und deine beste?
Philip: Habe ich nich.

Rolfi: Weißtu, Philip, ich wünschte, wir wären Brüder.
Philip: Ja, ich auch. Das würde meine Eisenbahn sehr vergrößern.

Philip hat eine Stunde früher frei als Rolfi, aber keine Lust, den langen Heimweg von der Schule allein zu trödeln. In der Pause trifft er Rolfi auf dem Hof und überredet ihn, mitzukommen. Unterwegs denken sie sich eine Entschuldigung für Rolfis frühzeitige Heimkehr aus.
Ergebnis: Ein Kind aus meiner Klasse hat die Mandeln gekriegt.

Philip erzählt Rolfi, was passiert, wenn Helga heiratet.

»Soll ich dir sagen, wie's langgeht, ja? Also: Zuerst kommt der Pastor und pastert von der Bühne. Dann legen wir Helga auf eine Schüssel mit Goldrand. Und dann kommt ihr Verlobter und garniert sie.«

Rolfi und Philip stehen mit ihren Schlitten vor dem Berliner Skiberg. Sehen es bunt wimmeln. Sehen vor lauter abwärts durcheinanderschießenden Läufern keinen Schnee mehr. Werden beide sehr nachdenklich bei der Überlegung, ob sie das schön finden sollen oder nicht. Ziehen schließlich mit ihren Rodeln und der Feststellung weiter: Der Berg hat Skiteritis.

»Rolfi, wo bist du?«
»Hier nich.«

Physisch und psychisch.
»Füßisch ist das mit den Beinen, und püßisch ist das, na das andere – ohne Füße. Kapiert?«

Eine nette alte Dame auf ihrem täglichen Zeitlupenspaziergang vom Altersheim zur Königsallee und zurück, kommt an unserem Zaun vorbei und sieht die beiden Jungen spielen.
»Wie heißt ihr Jungchen denn?« fragt sie.
Rolfi, der kontaktfreudigere von beiden, sagt: »Rolfi – und Sie?«
Die Dame antwortet mit einem Lächeln.
»Wie *Sie* heißen?« fragt Rolfi noch einmal.
Wieder nichts. Und immer wieder keine Antwort. Da wird Philip ärgerlich: »Laß die doch, Rolfi. Die heißt eben Schulze und damit basta.«

*An einem Vormittag …*

»Kann ich 'n Eis haben? Warum is alles, was nich schmeckt, gesund? Wie kommt Salz ins Meer? Krieg ich nu'n Eis? Bitte? Werden Hunde schwindlig? Und ein U-Boot? Fährt das auch rückwärts? Wieviel verdient eine Bank? Kann ich noch'n Eis? Sind amerikanische Clowns komischer als deutsche? Welches ist das altmodischste Land von der Welt? Warum kaufst du dir immer alles, und warum kaufst du mir kein zweites Eis? Können Zahlen Nachnamen sein? Nein? Warum sind dann die Könige hinten numeriert? Warum regnet es nich auf Kommando? Und manche Menschen – is denen ihr Tod wichtiger wie ihr Leben? Nein? Warum überholen sie dann inner Kurve? Warum hat ein Huhn braunes und weißes Fleisch? Schenkst du mir eine Katze? – Aber noch ein Eis, ja?«

*Bibi*

Bibi ist ein kleines Mädchen aus Philips Klasse. Im nächsten Monat wird sie acht.

Weil sie sehr zart ist und sehr still, wird sie von den anderen Kindern leicht übersehen.

Darum ist Geburtstag so wichtig für Bibi. Nicht wegen der Geschenke – zum Spielen hat sie genug. Wegen der Beachtung. An ihrem Geburtstag ist sie einen Tag lang Mittelpunkt.

Auf ihrer Klassenbank liegt ein gemalter Glückwunsch. Alle Kinder singen ein Lied für sie und sehen sie dabei an. Bibi verteilt zum Dank Bonbons.

Mittags darf sie bestimmen, was es zu essen gibt. Für den Nachmittag träumt sie von einem großen Fest. Von vier bis halb sieben. Mit Topfschlagen und Kreischen und Wettspielen und Beulen am Kopf und Colas und Käsekuchen und grünem Glibberpudding und Luftballons zum Zerknallen und verdorbenen Mägen und Fackelzug durch den Garten, wenn es dunkel wird. Alle sollen sagen: So schön wie bei Bibi war es nirgends.

Der Tisch im Speisezimmer ihrer Eltern faßt zehn Personen. Also wird sie drei Kinder einladen, bei denen sie auch zum Geburtstag eingeladen war, und dazu noch sechs andere. Macht mit Bibi zusammen zehn, oder?

Einen Monat vor ihrem Fest geht sie zu den Kindern ihrer Klasse, die sie auserwählt hat, und sagt: »Am 27. habe ich Geburtstag. Möchtest du zu mir kommen? Ich würde mich sehr freuen. Die schriftliche Einladung kriegst du noch.«

Alle sagen sofort zu. Welches Kind sagt schon zu einer Geburtstagseinladung nein, auch wenn die Gastgeberin so klein und still ist, daß man sie leicht übersieht!? Zudem sind Bibis Eltern wohlhabend. Das verspricht prima Geschenke beim Topfschlagen.

51

Wenige Tage später fragt Bibis Mutter: »Was wünschst du dir eigentlich zum Geburtstag?«

»Eine Kinderparty«, sagt Bibi sofort.

Die Mutter ist entsetzt. Was –? Vier Buben und fünf Mädchen eingeladen, ohne uns vorher zu fragen? »Ja, wie stellst du dir das eigentlich vor?«

»Andere Kinder dürfen doch auch – und die haben nicht so viel Platz wie wir«, sagt Bibi.

»Aber auch nicht so eine kostbare Einrichtung«, sagt Mutter. »Was

glaubst du, was auf Neumanns Kinderfest alles kaputtgegangen ist!? Eine wertvolle China-Vase! Das Terrassenfenster! Kakaoflecken auf dem gelben Seidensofa! Und so etwas von laut – ! Frau Neumann war hinterher völlig mit den Nerven runter. Kommt ja gaaar nicht in Frage!«

Bibi heult. Bettelt. Verspricht lauter artige, leise, kleine Gäste. Will alles, was sie anrichten, von ihrem eigenen Sparkonto bezahlen. Will kein einziges Geschenk zum Geburtstag, nur diese Party, bittebittebitte.

»Ich kann sie doch jetzt nicht mehr ausladen! Das geht doch nicht!«

»Warum nicht«, sagt die Mutter, stolz auf ihre konsequente Pädagogik, »du hast sie ja auch eingeladen, ohne vorher zu fragen.«

Am nächsten Morgen muß Bibi von Kind zu Kind gehen und sagen: »Es tut mir so leid, ich darf kein Fest zu meinem Geburtstag geben. Meine Mutter erlaubt es nicht.«

Neun Kinder. Neun Enttäuschungen. Neunmal stirbt Bibi beinah vor Scham.

Ihre Klassenkameraden haben die Geschichte bald vergessen. Keiner trägt sie ihr nach, aber es denkt auch keiner daran, sie zu seinem nächsten Geburtstag einzuladen.

Und es fällt niemand auf, daß Bibi noch stiller geworden ist als früher.


*Tod eines Goldhamsters*

Der kleine Gottlieb ist vom Schrank gefallen und hat sich das Rückgrat gebrochen. Als wir ihn fanden, war er schon tot. Die Kinder weinten sehr um ihn. Ausgerechnet ihr Gottlieb. Daß sie noch vierzehn lebendige Hamster haben, bedeutet gar keinen Trost für sie. Sie sagen, sie hätten auch vierzehn Tanten. Wenn die vom Schrank fielen, ginge ihnen das auch nicht so nahe – bis auf die Tante Hertha. Wenn die Tante Hertha fiele, das wär schlimm.

Während sie im Garten ein Grab in die hartgefrorene Erde hacken und dabei Tränen und noch was anderes in ihre Handschuhe wischen, möchte ich kurz die Geschichte unserer Goldhamster erzählen.

Zuerst hatten wir den braunen Hans-Joachim. Der war aber so allein. Darum schenkten wir ihm die weiße Erna. Die beiden vermehrten sich zügig. Sieben Kinder auf einen Schlag. Arme Erna.

Weil sie aber so eine gute Mutter war, blieben alle Hamsterchen am Leben und balgten sich den ganzen Tag und die ganze Nacht um ihre geduldigen Milchquellen. Sie wurden viel zu schnell groß und immer lustiger und fuhren sieben Mann hoch im Rhönrad. Wir haben viele Farbaufnahmen davon gemacht, leider sind sie nicht gut geworden. Eines Tages waren die Hamsterchen erwachsen genug, um verkauft zu werden. Der Abschied fiel uns so schwer, daß wir sie nicht verkauften, sondern alle leerstehenden Vogelbauer der Nachbarschaft erwarben, um neue Heimstätten zu schaffen. Ein viertel Quadratmeter für zwei Hamster. Das war human.

Wir nannten sie nach unseren Bekannten Hertha, Dietmar, Manuel, Frau Oberhuber, Uwe, Gottlieb und Doktor. Dietmar und Frau Oberhuber sind unsere wertvollsten, weil braunweiß gescheckt. Sie sehen aus wie eingelaufene Meerschweinchen, was bei Hamstern sehr selten ist, und man hat uns schon 5 Mark 50 pro Stück für sie geboten, aber wir denken nicht daran.

Von Anfang an war der kleine Gottlieb unser Liebling. Ein ganz gewöhnlicher, brauner Hamster, aber was für ein Charakter! Immer sanft und zutraulich. Viel zu gut für diese Welt. Seinem Bruder Manuel glich er wie ein Ei dem anderen oder wie ein gewöhnlicher Goldhamster einem anderen gewöhnlichen Goldhamster. Sie zogen gemeinsam in ein Vogelbauer, das heißt, Manuel ging gerne auf Tournee durch alle Zimmer. Er hatte Schlafstellen und Versorgungsdepots in der Spielkiste und hinterm »Deutschen Liederschatz« im untersten Regal. Manchmal nahm er den kleinen Gottlieb mit. Aber der kehrte spätestens nach einem Ausflugstag zurück, und wenn wir des Nachts ein einsames Rhönrad unermüdlich quietschen hörten, dann wußten wir: Jetzt fährt Gottlieb Richtung Tutzing.

Hamster sind ja überhaupt Nachtmenschen. Sie leben wie die Gaukler. Abends werden sie munter und geben Vorstellungen, ob sie Publikum haben oder nicht. Gegen Morgen schlupfen sie in ihre Häuschen, machen die Türen dicht und pennen. Einer über dem anderen.

Aber zurück zu Gottlieb. Im Vergleich zum scheuen, bissigen Manuel war er ungemein kontaktfreudig. Er saß auf den Kindern herum, auch mal in ihren Hosentaschen. Er half bei Schulaufgaben, nahm am Abendessen teil, sah mit uns fern und überraschte uns eines Morgens durch Mutterfreuden. Aber da war es schon zu spät, ihn umzutaufen. Sie blieb der kleine Gottlieb bis zu ihrem viel zu frühen Unfalltod.

Wir haben einen wunderschönen, duftenden Sarg für Gottlieb gefunden. Eine Luxuspackung, noch von Weihnachten. Er paßte genau in die Öffnung, in der vorher die Parfümflasche lag.

Die Kinder legten ihm ein Salatblatt und Körner für die lange Reise mit hinein. Dann nahmen sie Abschied, ein streichelnder Zeigefinger nach dem anderen. Sie deckten ihn mit Watte zu und schlossen den Sarg. Das hatte etwas sehr Endgültiges. Auf einem ausrangierten Spielzeugauto zog Gottlieb-im-Sarg noch einmal an den Heimstätten seiner zahlreichen Familienmitglieder vorbei – nur sein Bruder und Gatte Manuel fehlte, wie üblich.

Philip hielt eine Rede am offenen Grabe. »Lieber Gottlieb«, sagte er, »hier liegst du nun. Amen.«

Ich sah dabei auf den Sargdeckel. Las »Christian Dior – Diorissimo – Parfum – Paris« und darüber, in schwarzer Schönschrift: »Unser Gottlieb«. Auch auf dem selbstgezimmerten Holzkreuz stand: »Unser Gottlieb.«

Als sie Tannen auf das Grab legten, begann es zu schneien. Eine schöne Beerdigung. Den ganzen Abend, der danach folgte, litten die Kinder unter der Leere, die durch das Nicht-mehr-da-Sein einer lebendigen Handvoll Fell entstanden war.

Einen Tag später.

Entweder ist heute ein Wunder geschehen oder gestern ein Irrtum. Als wir vorhin Schularbeiten machten, saß plötzlich ein Hamster vor uns auf dem Schreibtisch gleich neben dem Bleistiftspitzer. Er machte Männchen. Zwinkerte mit den Barthaaren. Sah uns unentwegt mit schwarzen Stecknadelknopfaugen an.

»Das ist doch – «

»Nein«, sagt Philip, »Gottlieb ist tot. Das ist Manuel – und er weiß noch gar nichts von dem Unglück.« Ganz vorsichtig schlich seine Kinderhand an den Hamster heran, um ihn nicht zu erschrecken – Manuel ist doch so scheu. Aber Manuel ließ sich aufnehmen, sogar streicheln, ohne zu beißen, rannte Philips Ärmel herauf und nahm in seinem Kragen Platz – wie der kleine Gottlieb selig. Er war der einzige von allen Hamstern, der das immer getan hatte.

Für mich gab es keinen Zweifel: »Manuel ist vom Schrank gefallen. Wir haben Manuel beerdigt. Gottlieb lebt!«

Eisiges Kinderschweigen.

Dann Philip, sehr bedächtig und sehr bestimmt: »Gottlieb ist tot. Es steht auf seinem Sarg.«

»Und auf seinem Grabkreuz«, sagte Moni.

»Aber – «, sagte ich.

»Gottlieb ist tot«, sagte auch Peter. Und da begriff ich.


Die Kinder hatten ihren großen Schmerz um Gottlieb im Garten zu Grabe getragen. Mit Tannen und viel Schnee zugedeckt. Ihre vergossenen Tränen und Gefühle ließen sich nicht rückgängig machen. Sollten sich auch nicht noch einmal wiederholen. Denn wenn Gottlieb wirklich Gottlieb war und nicht Manuel, dann stand ihnen der Schmerz um seinen Tod eines Tages noch mal bevor, und davor fürchteten sie sich, verstehen Sie?

Gottlieb persönlich ist es piepegal, daß er als Manuel weiterleben muß – wo er doch sowieso ein Mädchen ist.

## Elternabend in Klasse 2 b

Sie hat zwei Weltkriege, Bomben, Beschuß, Umbauten, etliche Renovierungen und mein eigenes Debüt als Lernpflichtige trutzig überlebt.

Nun schwitzt der Junge in denselben hohen, altmodischen Räumen wie seine Mutter einst.

Alle Vierteljahre ist einmal Elternabend.

Dann sehen wir uns notgedrungen wieder, die Schule und ich.

Es beschleicht mich eine ganze Menge in ihren blanken Fluren, nur keine Alte-Penne-Sentimentalität. Dafür sorgen schon ihr Geruch, dieser typische Grundschulmief, gemischt aus Bohnerwachs, Kreide, nassen Mänteln, Mappenleder und Desinfektionsmitteln, aus Bange, Tadel, Lerneifer und Pädagogenherrlichkeit. Dieser Mief hat Brände und Renovierungen unversehrt überlebt. Ist unausrottbar.

Der Elternabend findet im Klassenzimmer der Kleinen statt, nachdem er sich – im Musikzimmer veranstaltet – als Fehler erwiesen hatte. Einige Eltern konnten trotz wiederholter Ermahnungen das Klimpern und Tuten auf herumstehenden Musikinstrumenten nicht lassen.

Aber im Klassenzimmer ist es auch ganz schön.

Es liegt näher beim Ausgang. Sobald der Elternabend zu Ende ist, kann man gleich rausrasen. An den Wänden hängen die Malwerke unserer Lieblinge. Jeder hat seine Mutter aus dem Gedächtnis nachgeschaffen.

Ich erkenne mich sofort an den schief eingeschraubten, alarmierend erhobenen Armen, aus denen die Finger wie Rüschen ragen. Andere Mütter haben hübsche Kleider an mit Punkten und Blümchen. Mein Körper steckt in einem form- und schmucklosen Sack. Nicht einmal eine Knopfreihe auf dem Bauch. Aber dafür grinst mein lila Gesicht von einem Rand zum andern, und das tun die rosa und beigen Gesichter der anderen Mütter nicht.

Die Lehrerin – sie ist noch jung und wurde kurzfristig von meinem Sohn beschwärmt – empfängt jedes eintreffende Elternteil auf dem Katheder. Den Müttern sitzt ein Knicks im Lächeln, den Vätern ein Diener – die Paukerscheu ist noch so da im Unterbewußtsein. Erst Sekunden später trifft die Erkenntnis ein: Die kann uns ja gar nichts mehr.

Nein, uns nicht, aber unseren Kindern.

An niedrigen Tischen, auf Stühlchen für sechs- bis neunjährige Beine hocken schon viele Eltern. Sie sind possierlich anzusehen, vor allem jene Väter, die Bauch tragen. Der rutscht in dieser niederen Sitzstellung wie ein falsch umgehängter Rucksack zwischen Kinn und Knie.

Einige Mütter haben sich feingemacht und einen Haufen Schmuck an. Schließlich muß man den anderen mal zeigen, was man hat, oder?

Franks Mutter hat ein Stühlchen für mich freigehalten. Ich spüre, sie braucht dringend meinen Beistand, sitzt sie doch eingekeilt zwischen lauter Musterschüler-Eltern. Und Eltern lassen Eltern ja furchtbar gerne fühlen, wenn ihre Kinder schlauer sind als die der anderen. Was heißt schlauer – unsere sind auch nicht dämlicher, im Gegenteil, bloß eben nicht so gute Schüler.

Da ist zum Beispiel Sigrids Mutter. Wenn sie aufsteht, wirkt das wie die Levade eines Brauereipferdes. Aus ihren Augen leuchtet der stahlharte Ehrgeiz von Eislaufmüttern. Sie läßt keine Gelegenheit aus, uns Sigrids Einser vorzuhalten.

Äußerlich tun wir so, als ob uns das gar nichts ausmacht. Innerlich reagieren wir kleinlicher. Ich möchte das Pferd zu gern mal im Dustern treffen. Franks Mutter fragt mich, ob mein Sohm beim letzten Diktat auch so hoch veranlagt worden ist. Ich sage »mit Vier«, Sigrids Mutter sagt »mit Eins natürlich«, ich sage »pscht«, denn die Lehrerin hat »liebe Eltern« gesagt, und wenn sie spricht, müssen wir alle schön ruhig sein.

Zuerst begrüßt sie uns aufs herzlichste und freut sich, daß wir so zahlreich erschienen sind.

Dann kriegen wir unser Fett ab.

Ihr ist aufgefallen, daß manche Kinder Weißbrot statt Vollkornbrot essen und außerdem die Rinden den Vögeln hinwerfen, und was wir dazu zu sagen haben!? (Männliches Murmeln hinter mir: Beiß du mal auf 'ne harte Rinde, wenn die Milchzähne wackeln!)

Außerdem rügt sie den Zustand mancher Mappeninhalte. Und guckt dabei so bezugnehmend in unsere Richtung.

Als ob Frankies Mutter und ich die Eselsohren und Fettflecke selber in die Hefte gemacht und die heillose Unordnung in den Schultaschen unserer Söhne angerichtet hätten!

Und dann das Fernsehen. Es schädigt das Nervensystem und belastet die Kinder mit zu vielen Eindrücken. Eltern, die ihre Kinder fernsehen lassen, handeln unverantwortlich. Sie selbst hat keins.

Nach den Beanstandungen wird für eine Klassenfeier gesammelt. Ich wollte bloß zwei Mark geben, aber Sigrids Mutter hat fünf Mark gegeben, und nun geben wir Nachfolgenden auch ungern fünf Mark. Wir könnten ja sonst als knickerig oder pleite gelten. Am Schluß kommt das Doppelte von der Summe heraus, die für die Feier gebraucht wird. So ist das nun.

Es folgt der Vortrag des Abends mit dem Thema: »Leben im Wechselspiel zwischen Eindruck und Ausdruck«, von der Lehrerin gehalten. Danach, so erfahren wir, tritt der Lehrkörper im Unterricht in den Hintergrund, damit die Kleinen zeigen können, was sie selbst an Ausdrucksmöglichkeiten besitzen.

»Ich kann nur hoffen, daß meiner nicht all seine Möglichkeiten zeigt«, flüstert Franks Mutter mir zu. Das trägt ihr einen unwilligen Kathederblick ein.

Kaum ist der Vortrag beendet, erhebt sich ein Vater und schießt mit Entschuldigungen zur Tür hinaus. Wir wissen schon – jetzt geht er auf »Knaben«, um zu rauchen. Länger als eine halbe Stunde hält er es nie ohne Zigarette aus. Im Klassenzimmer aber ist das Rauchen verboten, auch nach acht Uhr abends.

Nun dürfen Fragen gestellt werden. Es melden sich immer dieselben Eltern zu Wort. Man kennt sie schon – die Räsonierer, die gründlichen Frager und die Gewichtigen, die ihre Rede mit Worten wie Elternratssitzung, Senatsbeschluß, Ausschuß et cetera zu würzen pflegen. Dann gibt es noch die Lacher und Schwätzer, die ständig zur Ordnung ermahnt werden müssen.

Aber im großen und ganzen haben wir uns schon sehr gebessert. Wir reden nicht mehr ungefragt durcheinander so wie anfangs, auch warten wir mit erhobenem Zeigefinger, ohne zu schnipsen, bis uns das Wort erteilt wird.

Ich habe auch was auf dem Herzen. Die Ganzwortmethode. Mein Sohn hat dadurch nicht lesen gelernt, sondern raten.

Wenn er zum Beispiel das Wort GRÜN sieht, weiß er sofort: Aha, das ist eine Farbe mit 4 Buchstaben, und sagt mit Sicherheit GELB.

Außerdem möchte ich noch wissen, wie das kommt, daß heute viel mehr Kinder an Schreib- und Lesestörungen leiden als zu Zeiten der sturen alten Lautiermethode.

Damit bin ich ins Fettnäpfchen getreten. Denn: »Daran ist niemals die Ganzheitsmethode schuld. Sie ist fortschrittlich und unfehlbar. Schuld an diesen Versagern ist einzig und allein das Fernsehen! – Hat noch jemand eine Frage?«

Nein. Keiner hat. Jeder ist mit seinen eingeschlafenen Beinen unter den niedrigen Tischchen beschäftigt.

Die Luft in solchen Klassenräumen ist auch mächtig trocken. Hat man als Schulkind gar nicht so empfunden. Die Gedanken der Väter schweifen immer leidenschaftlicher zur Kneipe an der Ecke hin.

Ist denn nicht bald Feierabend hier?

Nach anderthalb Stunden wird die Unaufmerksamkeit so sicht- und hörbar, daß der Lehrerin nichts anderes als das Schlußwort übrig bleibt.

Im Gänsemarsch treten wir vor der Tafel an und machen unseren Knicks und stellen jeder eine Frage. Ob der Junge gut mitkommt? Wie bitte? Ja, verhuscht ist er. Verträumt auch. Schwatzhaft auch. Ja. Seine Rechtschreibung. Ja leider. Aber das liegt natürlich nicht an der Ganzheitsmethode. Die ist wunderbar. Auch die Kinder sind wunderbar, bloß wir Eltern... Allen Bockmist, den sie verzapfen, schiebt die Lehrerin unserer falschen Erziehung in die Schuhe.

Franks Mutter und ich spüren viel Drückendes in den Schuhen. Sie sind uns mehrere Nummern zu eng, als wir das Schulgebäude verlassen.

## Aufsätze

### Im Zoo

Der Panther ist ein Rauptier. Er ist noch gefärliger wen er hunger hat. Der Mensch ist ein lekerbisen für den Panther. Im Zoo braucht er bewehgungen. Darum pantert er auf und ap und auf und ap und auf und ap... (bis die Seite im Schreibheft voll ist)

### Meine Mutter

Meine Mami ist eine färngesteuerte Puppe vom lieben Gott. Sie hat so vil Ferstand wie arabisches Appelmus. Ich kan mit ihr lachen und sie schümpft nicht wen ich schlechte Noten krige. Sie ist lieb und normal gebaut und sie ist meinen ansprüchen gewakzen. Ich möchte sie behalten. Bums ende Jani.

*Schuld bin ich nicht allein…*

Über Hannis Eltern ist nur soviel bekannt – ihr Vater war farbiger Besatzungssoldat, ihre Mutter Kellnerin in einem Ausschank.

Ihre ersten beiden Lebensjahre verbrachte sie im Waisenhaus, dann kamen die Schmidts und haben sie adoptiert. Hanni hat es gut bei ihnen. Seit einem Jahr geht sie zur Schule, in Philips Klasse.

Gestern kam Philip sehr nachdenklich nach Haus.

»Du kennst doch die Hanni Schmidt.«´

»Ist was mit ihr?«

»Wir haben heut 'n dußliges Gedicht gelernt. Aus Des Knaben Wunderhorn . Das heißt:

Wenn ich auch schwarz bin,
schuld bin ich nicht allein.
Schuld hat meine Mutter gehabt,
weil sie mich nicht gewaschen hat,
Da ich noch klein.

Susi hat es vorlesen müssen. Da haben viele Kinder die Hanni an-
geschaut, und da ist sie rausgerannt und hat geheult.«

»Und euer Lehrer?«

»Der hat gesagt: Was ist denn mit der Hanni los? Warum heult sie
denn? Na, wegen dem Gedicht, haben wir gesagt, und da hat er gesagt:
Aber warum denn? Es ist darin doch bloß die Amsel gemeint.«

## Ein kleiner Junge ist nicht nur ein kleiner Junge

»Ruhe! Ruhe! Hörst du nicht? – Dein Vater will schlafen! Und Müllers unten. Denk doch bloß mal an Müllers Nerven. Wie oft soll ich
noch – wenn du nicht sofort – wir brüllen doch auch nicht, oder? Na
also. Warum antwortest du nicht, wenn ich mit dir rede?«

Ja, was soll der Junge darauf antworten? Soll er sagen: Wenn Vati
noch geschlafen hat, dann ist er bestimmt durch *dein* »Ruhe«-Gebrüll
aufgewacht?

So was hören Mütter nicht gern, auch wenn sie einem immer predi-
gen, daß man die Wahrheit sagen soll. Aber es gibt zwei Arten von
Wahrheit. Diejenige, die die Erwachsenen gerne hören, und die andere,
die ihnen unbequem ist und darum als Taktlosigkeit bezeichnet wird.

Zehn Minuten lang bemüht sich der Junge um Pianotöne, länger hält
er's nicht aus. Ein kleiner Junge ist schließlich nicht nur ein kleiner Junge. Er ist außerdem ein Hubschrauber, ein Polizeikommissar, eine
Alarmsirene, Zugpfeife, Indianer, Gangster, ein Rennwagen mit krei-
schenden Pneus, eine Hupe, ein Nebelhorn – kurz, ein unerschöpflicher
Lärmerzeuger, weshalb er sich meistens geringer Beliebtheit in seiner
Umgebung erfreut. Das Dröhnen und Pfeifen eines Düsenklippers wird
von den Erwachsenen geduldig ertragen. Ein kleiner Junge aber, der
Düsenklipper spielt – der nicht.

Er macht überhaupt alles falsch. Trägt man das Essen auf – wer ist
nicht da? Der Junge. Wo steckt er bloß wieder! Und kommt er endlich
– wie sieht er aus!

»Nun guck mal deine Hosen an! Und das Hemd! Ich kann gar nicht so viel waschen, wie du dreckig machst. Und die Stiefel – ja spinnst du! Wie oft habe ich dir gesagt – da rackert man sich ab – ogottogott, Junge – Was es gibt? Möhren! Nun brüll nicht gleich, die sind gesund. Jawohl, ich kann dir nicht täglich Nudeln kochen. Wasch dir die Hände.

Hast du dir die Hände gewaschen? Ja! Zeig mal! – Hab ich's mir doch gedacht. Noch mal, mein Sohn, aber mit Seife und nicht alles wieder ins Handtuch, verstanden? Was? – Werd ja nicht frech, du, sonst gibt's was! Los, wasch dich! Nun geh schon – « Ein kleiner Junge muß eine Hornhaut da haben, wo bei anderen die Sensibilität sitzt. Anders ist es gar nicht zu erklären, daß er die ständigen Ermahnungen und Androhungen von Strafen so gesund und heiter übersteht. Mit unbekümmerter Fröhlichkeit knallt, kurvt und klingelt er sich durch die Gegend, die keine alltägliche Gegend für ihn ist – so, wie die Erwachsenen sie sehen, sondern eine phantastische Welt voller Abenteuer.

In diese Welt dringt zwar das unerschöpfliche Plätschern der mütterlichen Beanstandungen, aber es geht dem Jungen mit ihnen wie Menschen, die ein Leben lang an einem Wasserfall wohnen. Vor lauter Gewöhnung hören sie sein Rauschen nicht mehr.

»Hast du deine Schularbeiten gemacht? Ja? Alles? Auch ordentlich? Zeig mal! – Junge! Das nennst du ordentlich? Das sieht aus, als ob's das Pony von Peter geschrieben hätte. Sommer mit einem m! Laupbaume. Sag bloß, das soll Laubbäume heißen! Überall fehlen die Strichelchen. Wenn ich nicht wüßte, du kannst es – du kannst es ja, du willst bloß nicht. Immer hundert andere Sachen im Kopf, bloß nicht das, was hinein muß. Junge, wenn das so weitergeht – was soll denn bloß mal aus dir werden?«

Was aus ihm werden soll? Das weiß der Junge ganz genau. Und Peter und Peters Pony wissen es auch. Pilot will er werden.

»Pilot? Solche Schussel wie dich können sie gerade bei der Fliegerei gebrauchen. Da muß man seine fünf Sinne beisammen haben, sonst gibt's eine Katastrophe. Was ist überhaupt mit den Rechenaufgaben? Hast du die gemacht? 27 minus 19 ist doch nicht 46. Junge, das ist eine Weniger-, keine Und-Aufgabe. Die sind ja alle falsch. Die machst du alle noch mal, verstanden? – Kriege keinen Tobsuchtsanfall, dann dauert's *noch* länger. Und fern wird heute nicht mehr gesehen, verstanden?«

Der Junge prügelt seinen Ärger auf die Tischplatte und schimpft wie ein Rohrspatz und hockt sich schließlich verbockt und unverstanden über seine Hefte. Sie haben Eselsohren und kein Löschblatt, und die meisten sind ganz dünn, weil er so viele Seiten hat herausreißen und neu schreiben müssen, so wie jetzt. Er schreibt: 27–19 =…

Warm ist es heute. Unheimlich warm. Die Mücken beißen. Gibt bestimmt noch ein Gewitter. Der Junge mag Gewitter, versteht nur nicht, warum immer Scheunen und niemals Schulen vom Blitz getroffen werden. Wenn er Pilot ist, wird er ein Gerät erfinden, mit dem er die Blitze aus den Wolken dahin lenken kann, wo sie etwas Positives ausrichten.

27–19 = 27 weniger 10 weniger 7 = 10 weniger 2 = 8.

Die Mutter regt sich schon wieder auf. Sie hat die Kaulquappen im Waschbecken entdeckt und will sie in die Toilette – so eine Gemeinheit, so eine Hundsgemeinheit –

Schadet ihr gar nichts, wenn sie ihn haut. Was schmeißt sie seine Kaulquappen ins Klo.

In spätestens einer Stunde wird sie das Fehlen von acht rohen Eiern bemerken. Wo sind die Eier? Kannst du mir mal sagen, wo die Eier geblieben sind??? Wenn er ihr erzählt, daß Peter Kübler acht rohe Eier zu Hause gestohlen und gegen den fahrplanmäßigen D-Zug geballert hat, eins sogar gegen ein Abteilfenster, dann findet sie das beinahe komisch. Wenn es sich aber um Eier aus ihrer eigenen Küche handelt, dann sieht sie gleich schwarz für seine Zukunft. Das Schlimmste an den Erziehungsberechtigten ist ihre Unlogik.

35 + 44–13 =

Im Fernsehen gibt's jetzt Zirkus.

35 + 44 –

Herr Kübler ist schon mal um die ganze Welt geflogen. Sogar über einen Krieg. Er sagt, aus 10 000 Meter Höhe sieht alles ganz harmlos aus. Flakgeschosse sind kleine weiße Wölkchen. Er möchte zu gern einmal seine brennende Schule von oben sehen.

35 und 44 ist…ist dreißig und vierzig und fünf und vier ist…

An sich ist seine Mutter ganz nett. Sie wäre wahrscheinlich viel netter, wenn sie nicht in ihrer Jugend ein zimperliches, kicheriges – eben ein Mädchen gewesen wäre. Das spürt man heute noch immer doch, besonders im Umgang mit Kaulquappen, Mäusen, Spinnen und Mehlwürmern.

…= 79.

Am Gartenzaun trabt Peter mit seinem Pony vorbei. Der Junge beugt sich aus dem Fenster, so weit es geht und seine Mutter nicht erlaubt, er ruft: »Na?« Peter bremst das Pony und guckt herauf.

»Er lahmt ja gar nicht mehr.«

»Nö, alles wieder in Ordnung.«

»Wo wollt ihr'n hin?«

»Bahnhof. Tante abholen. Kommste mit?«

»Kann nicht. Muß noch mal Rechnen machen. Schöner Mist, Mensch.«

»Ich habe schon«, sagt Peter und grüßt höflich zu einem anderen Fenster herauf, an dem die Mutter des Jungen aufgetaucht ist. Dann trommelt er leicht und aufmunternd mit bloßen Hacken in den Pferdebauch, das heißt, er gibt dem Pony Gas und trabt wehend von dannen.

»Von Peter kannst du viel lernen«, sagt die Mutter über zwei Fenster hinweg zu ihrem Sohn. »Der ist immer höflich und aufmerksam, und seine Mutter hat nie Ärger mit seinen Hausaufgaben.«

»Weil er ein Pony hat. Darum«, sagt der Junge. »Für einmal Reiten machen ihm die großen Buben seine Aufgaben.«

56–41 + 7 = wieviel? Wen interessiert das schon. Den Jungen nicht und Peter nicht und sein Pony schon gar nicht.

Für das Pony ist die Welt so einfach. Und das ist sie im Grunde genommen ja auch. Bloß die Erwachsenen machen alles kompliziert.

Für das Pony ist die Wiese grün und der Himmel blau und Erdbeereis rosa und Waschen überflüssig und das dußlige Rechnen noch gar nicht erfunden. Und ob »Sommer« mit einem »m« oder mit vieren geschrieben wird, ist ihm so egal. Hauptsache, es ist Sommer.

Nach den Schularbeiten kommt die Wascherei. »Auch die Knie und den Hals und daß du mir die Zähne putzt. Muß ich denn immer dabeistehen, kannst du denn nichts allein? Groß genug bist du wirklich. Zähneputzen, hörst du? Nicht bloß Zahnpasta auf den Mund schmieren, damit es so riecht als ob, und die Bürste naß machen – ich kenne doch deine Touren. Dein Zimmer hast du auch nicht aufgeräumt und den Hamsterkäfig nicht saubergemacht, und wie sieht deine Schulmappe aus – wie Kraut und Rüben. Junge! Glaubst du, mir macht es Spaß, ständig zu reden und zu reden? Glaubst du, ich tue das gerne? Es ist so ermüdend. Immer dasselbe – Tag für Tag. Wenn du nur einmal, ein einziges Mal das tun würdest, was man dir sagt! Ich möchte doch, daß was Ordentliches aus dir wird.«

»Pilot«, sagt der Junge.

»Auch Piloten müssen sich die Knie schrubben und aufräumen.«

»Ja doch, ich weiß.«

»Das heißt nicht ja doch, sondern, ja, Mami.«

»Okay«, sagt der Junge und trödelt ins Bad. Nicht etwa wegen der schmutzigen Knie, die stören ihn nicht. Er geht ins Bad, um seine Wasserpistole frisch zu füllen.

Später, am Abend, sagt die Mutter zu ihrem vom Spaziergang heimkehrenden Mann: »Es ist so erschöpfend. Ich rede mir den Mund fußlig, Tag für Tag und er hört nicht zu. Ist ständig mit seinen Gedanken woanders. Völlig verhuscht. Voller Dummheiten. Gibt mir höchstens freche Antworten, wenn ich ihn zum 35. Mal wegen derselben Sache anmahne. Andere Kinder sind doch nicht so. Ich weiß nicht, von wem er das hat. Rede du mal mit ihm – aber streng.«

»Warum denn«, sagt der Vater. »Er ist doch ein prima Junge.«

»Was ist er?«

»Ein prima Junge. Frag Küblers.«

Küblers sind die Eltern von Peter und dem Pony. »Ich habe sie eben getroffen. Sie gingen mit dem Hund. Erst haben wir übers Wetter gesprochen und daß wir dringend Regen brauchen. Und dann über die Jungs. Sie sagten, unsrer wäre ein prima Junge. Immer höflich, immer aufmerksam. Zieht sich sogar die Gummistiefel aus, wenn er ihr Haus betritt. Räumt alles auf, womit er gespielt hat. Wäscht sich die Hände vorm Essen, und überhaupt wünschten sie, ihr Peter wäre nur halb so umsichtig und wohlerzogen wie unserer.«

»Wohlerzogen?«

»Frag Küblers.«

»Er kann es also, wenn er will«, sagt die Mutter ergriffen. »Er hört sogar zu. Und ich habe immer gedacht, all mein Gerede wäre so – –«

»– als ob man gegen einen heißen Ofen pinkelt«, hilft der Vater aus.

»Erzähl noch mal, was Küblers alles gesagt haben«, sagt sie. »Erzähl noch mal von vorn. Sie haben also gesagt, er wäre ein prima Junge. Haben sie das wirklich gesagt? Und dann…?«

Inzwischen ist das Gewitter heraufgezogen. Es grummelt. Erste Tropfen fallen klebrig schwer. Und die Blitze machen schon wieder einen Bogen ums Schulhaus.

Vater und Sohn machen gemeinsam Hausaufgaben. Zehn Minuten lang geht's gut. Dann ein Krach, daß die Fensterscheiben zittern. Vater knallt Türen, erklärt, daß er die Nase von diesem Bengel voll hat, und geht weg. Kommt aber gleich wieder... nicht bloß, weil es Strippen regnet. Vor allem wegen Reue.

Philip liegt als beleidigte Nippesfigur auf dem Teppich. Sein Vater steigt murrend über ihn hinweg. Philip sagt hinter ihm her: »Mein Julius! Wenn du mal alt bist, kriegstu keinen Pfennig von mir. Kannstu dich wundern, bistu plötzlich arm. So.«

Ich frage ihn: »Was war denn los?«

»Der muß in 'n Urlaub.«

Ich frage seinen Vater: »Was war denn los?«

»Hast du sein Heft gesehen? Na, guck dir mal an. Eine Klaue, als ob ein Huhn über die Seite gelaufen ist.«

Vater und Sohn reden den ganzen Abend nicht mehr miteinander. Ich hole mir das Schreibheft. Und staune. Nicht so sehr über die verschmierten Radierflecken, die Kleckse und Buchstaben, von denen jeder ein individuelles Eigenleben führt. Das ist mir nichts Neues. Mich fasziniert da mehr die Aufgabe, deretwegen das häusliche Drama ausbrach: Philip hatte eine Schreibheftseite mit dem Wort »Elternliebe« füllen müssen. Na bitte.

## Zukunft

Zukunft – das ist was Herrliches.

Zukunft bedeutet Erwachsensein – endliches Abstreifen der Fesseln – Flügel ausbreiten – aufsteigen – davonfliegen in unbegrenzte, blaue Freiheiten.

Ikarusträume mit Düsenantrieb.

Die Berufswünsche sind voller Geschwindigkeit – Dynamik – Weite – Abenteuer.

Voller Zuversicht.

Wenn ich die Schule erst hinter mir habe...

Wenn ich erst erwachsen bin – wenn...

Wenn Philip nur nicht zufällig den Karl-Heinz getroffen hätte. Karl-Heinz ist bei der Post für den Schalter 4 zuständig.

»Weißt du, was Karl-Heinz gesagt hat? Daß ihm das Leben stinkt.«

Ah so. Und warum stinkt es ihm? »Weil er darüber nachgedacht hat. Darum. Er hat mal große Pläne gehabt, sagt er, und nun? Was ist draus geworden? Hör mal zu:

Morgens, wenn er aufsteht, ist es noch dunkel; und abends, wenn er heimkommt, ist es schon wieder dunkel, wenigstens im Winter. Und im Sommer? An den Wochenenden? Da fährt er in Kolonne zum See hinaus. Quetscht sich den ganzen Tag mit tausend Leuten am Ufer her-um – einer tritt dem anderen auf die Haare, so eng ist das alles. Und abends fährt er in Kolonne und im Schritt nach Hause zurück, und das war nun die ganze Erholung von einer Woche Post. Und wenn er sich vorstellt, das geht immer so weiter und ist nun das einzige Leben, was er hat, dann möchte er sich doch gleich den Strick nehmen. Sagt er.«

»Karl-Heinz übertreibt gern«, sage ich.

»Und die Bibel? Die auch?«

»Wieso denn die Bibel?«

»Karl-Heinz sagt, in der Bibel steht, daß wenn das Leben gut war, dann ist es Müh und Arbeit gewesen. Müh und Arbeit bei der Post noch dreiunddreißig Jahre. Stell dir mal vor.«

»Wieso denn ausgerechnet dreiunddreißig?«

»So lange dauert's noch, bis der Karl-Heinz pensioniert wird. Und wenn das wirklich so ist – kannst du mir dann, bitte schön, mal sagen, wozu man überhaupt lebt?«

»Wenn alle so denken würden, müßten ja alle Arbeiter zum Strick greifen«, sage ich.

»Karl-Heinz sagt, die leben bloß aus Gewohnheit weiter und weil sie nicht nachdenken. Wenn sie nachdenken würden, wenn sie sich mal überlegten, daß sie den ganzen Tag an ihrem Arbeitsplatz hocken und zweimal am Tag noch dazu die Drängelei in den Verkehrsmitteln, und das alles bloß, um Geld für die Miete und das Essen und die Versiche-rungen zu verdienen, und nie genug haben, um mal richtig doll auf den Pudding hauen zu können…«

»Es kommt alles auf die innere Einstellung zu den Dingen an. Ver-stehst du, was ich meine?«

»Aber Karl-Heinz –«

»Der versteht es leider nicht. Dem ist sein Selbstmitleid wichtiger als jede Zufriedenheit. Früher hat er doch gern gebastelt. Warum ist er nicht Mechaniker geworden? Warum sitzt er hinterm Schalter, wenn er nicht gern hinterm Schalter sitzt? Wenn er sich – so wie ich zum Beispiel – einen Beruf ausgesucht hätte, für den er eine gewisse Begabung und Freude mitbringt...«

»Haha!«

»Wieso?«

»Dein Beruf macht dir Freude? Ja? Warum heulst du dann jedesmal das ganze Haus zusammen, wenn du an den Schreibtisch mußt? Warum beneidest du jede Frau, die nicht selber verdient, sondern auf'm Kanapee liegen und Konfekt knabbern kann?«

Dieses Gespräch hat die fatale Anlage eines Kochkäse: Es droht, ins Unendliche zu zerfließen und nie alle zu werden. Darum sage ich abschließend: »Vergiß, was Karl-Heinz gesagt hat. Freu dich auf deine Zukunft. Laß dir nicht deine Flügel brechen durch dummes Geschwätz. (Ich rede wie eine Predigt. Er guckt auch schon so seitwärts wie zu einer Kanzel auf.) »Glaub mir, es gibt viele schöne Sachen, für die es sich lohnt, zu leben.«

»Sag mal, was.«

»Liebe, zum Beispiel. Liebe ist eine herrliche Sache. Immer wieder.«

»Immer wieder? Wieso? Liebst du immer wieder?«

»Und Musik. Gleichgesinnte Freunde. Die Natur. Blumen...«

»Aber das hat Karl-Heinz ja auch gesagt!«

»Na siehst du.«

»Er hat zu mir gesagt: Junge, wenn du wirklich glücklich werden willst im Leben, dann schmeiß den ganzen Lernkram über Bord. Sch... peif auf Erfolg und Geld. Such dir Liebe und Freunde und Musik und Blumen. Werd ein Hippie, Junge. Hat Karl-Heinz gesagt.«


*Reiche Leute*

– Sag mal, Philip, was macht Toni P.s Vater eigentlich?

– Na, der stellt so sanitäre Fabrikate her.

– Geht das gut?

– Kannstu mir glauben. Der verdient sich mit seinen Klodeckeln 'ne goldene Nase.

– Dann sind die Bäder und Toiletten bei den P.s doch sicher sehr kostbar eingerichtet?

– Wie meinst du'n das?

– Mit goldenen Hähnen und Marmorbecken und teuren Fliesen und so...

– Ja. Sieht ganz schön aus. Aber weißt du, Mami selbst wenn's aus echtem Gold wär – Klosett erinnert letzten Endes immer an Klosett.

## Irene S. (37): Sie meinen es so gut mit mir

Der Weihnachtsmann, der Osterhase und der Pfingstochse haben je zwei Feiertage im Jahr. Dabei sind sie reine Saisonarbeiter.

Wir Mütter hingegen rackern uns tagein, tagsaus für unsere liebe Familie ab und haben trotzdem nur einen einzigen Ehrentag. In diesem Jahr auch noch auf dem Mamertus, was nicht etwa die lateinische Form von Muttertag ist, sondern der Name des ersten der drei Eisheiligen, die bloß dazu da sind, das Maiwetter zu verhageln. Aber ich will mich nicht beschweren, sondern vielmehr erzählen, wie gut ich es am Muttertag habe.

Am Vorabend desselben esse ich mich noch einmal tüchtig satt, sozusagen auf Vorrat wie ein Hamster, und lege einen Zettel auf den Küchentisch: Meine Liebsten! Wir haben nur noch fünf Tassen vom guten Geschirr. Nehmt bitte nicht das gute. Es dankt euch dafür Eure Mutter.

Dann gehe ich schlafen.

Mein Ehrentag beginnt ungewöhnlich früh mit dem Knarren der männlichen Betthälfte und einem männlichen Seufzer, welcher mich schreckhaft auffahren läßt. Mitten im Raum schläft mein soeben auferstandener Mann senkrecht weiter.

»Ist dir nicht gut?« frage ich besorgt.

»Doch, doch«, sagt er.

»Warum stehst du dann auf – mitten in der Nacht? Es ist doch Sonntag!«

»Es ist Muttertag«, seufzt er und kann einen winzigen Vorwurf in seiner Stimme nicht verhindern: »Mein Haushalt ruft.«

Stimmt ja. Ich hab heute Muttertag. »Sag dein Gedicht auf, Anton!«

Er weigert sich. Vor dem Rasieren fällt ihm das Rezitieren immer so schwer. Außerdem weiß er keins.

Nun bin ich allein im Schlafzimmer. Vor seiner geschlossenen Tür findet eiliges Leben statt. Kichern. Rennen. Geschirrklappern.

Brandgeruch zieht durch die Türritzen. Jetzt verbrennen sie den Toast.

Und dann Stille. Wispernde Stille wie vor einem Weihnachtszimmer. Ich presse die Augen zu, denn zum Muttertag gehört es, daß man sich wachküssen läßt. Geputzte Küsse. Ungeputzte.

Sohn schnurrt, damit er es möglichst schnell überstanden hat: »IchhabenichtssoliebsoliebwiedichmeinMütterleinesmüßtedennder liebeGottimHimmelsein...« Vater legt Rosen auf meine Decke, Tochter gemischten Frühling in einer Papiermanschette, Sohn unreife Maiglöckchen aus Nachbars Garten.

Ich habe das, was Heinrich Heine ein weichgekochtes Herz nennt. Ich hab's so gut in dieser Familie.

Mit der Behutsamkeit, die einem Schwerkranken zusteht, führt man mich an den Frühstückstisch.

Mein Teller hat Blumengirlanden. Am Milchtopf lehnt ein Gemälde meines Sohnes: Panzer schießt Margeriten auf unterentwickelte Dame. Dame soll ich sein. Die Eier sind blaugekocht, der schwarze Toast kalt. Macht ja nichts. Ich habe gestern abend auf Vorrat gefuttert.

»Wer von euch hat denn den feinen Tee gekocht?«

Das war Papi, sagen die Kinder, und Papi nickt dazu, behauptet allerdings, er hätte Kaffee genommen, sogar eine ganze Menge, und er verstünde auch nicht, wie daraus solche Plorre werden konnte.

Ich darf nichts mit abräumen, nicht abwaschen, überhaupt nicht in die Küche. Ich muß im Sessel thronen und mich schonen.

Um mich herum saugt und putzt die Familie, was eh sauber ist. Gestern war ja die Frau da zum gründlichen Reinemachen.

Sohn gießt Blattpflanzen, bis sie ersäufen, der Fußboden auch. Er holt sogar einen Scheuerlappen und schiebt ihn mit dem Hacken durch die Pfützen.

Tochter läuft mit gewichtigem Mienenspiel durch die Wohnung in die Küche. Sie muß das Mittagessen vorbereiten. Niemand darf ihr dabei helfen, höchstens Papi. Er hat ja bereits mit dem Morgenkaffee sein Meisterstück geliefert.

Ich möchte mich bitte inzwischen in die Sonne legen. Es scheint aber keine, ist ja eisheiliger Muttertag. Trotzdem. Frische Luft ist so gesund.

Man packt mich in Decken, und da liege ich nun. »Ruhe dich schön aus.«

Sohn sprengt freiwillig den Garten. Er schont die Beete und den Rasen, zielt in die Baumwipfel, auf einen Schmetterling und die Straße mit den Sonntagsspaziergängern und meinen Liegestuhl und unseren Kater und auf die Hauswand. Er macht nasse Faxen, wohlwissend:

Heute ist Muttertag, da darf Mutter nicht mit ihm schimpfen.

Was sich inzwischen in der Küche abgespielt hat, werde ich nie ganz erfahren, bin auch zu fein, um zu fragen. Ich überhöre das hysterische Schluchzen meiner Tochter und freue mich herzlich über den mit forcierter Munterkeit vorgetragenen Einfall ihres Vaters: »Kommt, Kinder, jetzt gehen wir alle ins Lokal!« Später, beim Heimkommen: Was möchtest du jetzt, Mutti? Möchtst du einen Western im Fernsehen? Möchtest du Monopoly spielen? Wir lassen dich auch gewinnen. Im Kino an der Ecke gibt's einen jugendfreien Krimi.

Man hat soviel Programm mit mir.

Man fühlt sich verpflichtet, mich diesen Tag genießen zu lassen. Man tut alles mir zuliebe, was man selber gern tun möchte, und also sehe ich einen Western im Fernsehen und spiele Monopoly und gehe in einen Krimi im Kino an der Ecke und esse zwischendurch Kirschtorte in einer Konditorei und habe nicht den Mut zu sagen: »Macht, was ihr wollt, aber laßt mich in Ruhe. Laßt mich lesen, schlafen, faulenzen, am besten gar nicht aufstehen. Schenkt mir diesen Muttertag zum eignen Mißbrauch.«

Ich bedanke mich überschwenglich an seinem Ende für die ganze schöne Ehrenstrapaze, die mir zuteil wurde, und nehme erleichtert den schweren Lorbeerkranz mit Schleife von meinem Hals.

Der Junge sagt beim Gutenachtkuß:

»Was denkstu, wie das Mühe macht, den ganzen Tag brav zu sein.«

»Ich glaub's dir«, sage ich, »aber bis zum nächsten Mal hast du ja ein Jahr Zeit.«

Als Vater, Tochter und Sohn längst schlafen, gehe ich allein durch die Wohnung und genieße es, daß mich niemand schonen möchte.

Kater Mulle begegnet mir. Er trudelt einen Tennisball mit leichten, schwarzen Pfotenschlägen vor sich her. Ich knie nieder, um mit ihm zu spielen, und stelle dabei fest: Es ist gar kein Tennisball. Es ist eine steinharte Grieskugel. Es sollte also Klöße zu diesem Mittagessen geben, das im Lokal endete.

Nachsatz:

Weihnachtsmann, Osterhase und Pfingstochse haben je zwei Feiertage im Jahr, obgleich sie reine Saisonarbeiter sind.

Wir Mütter hingegen, die wir tagaus, tagein und so weiter… Also, wenn Sie mich fragen – mir genügt ein einziger Muttertag vollkommen, um mich geehrt zu fühlen.

Nordnordostwind. Der Himmel grau mit einem Wolkengesicht, wie Kinder es malen.

Am blankgespülten Strand nur ein paar pflichtbewußt ausschreitende Zipfelmützen und Öljacken über flatternden Hosenbeinen, was tut man nicht alles für die verdammte Gesundheit.

Ein Vater und sein achtjähriger Sohn. Der Vater bis über beide Ohren in Wolle eingestrickt, eine Kamera vor dem Bauch. Der Sohn nackt.

Schlotternd, mit Schulterblättern wie abgehackte Flügelstümpfe und hilflos gesträubter Gänsehaut. Ein Bild des Jammers. Ein Abbild seines Vaters nur ohne Bauch. Ein ständiges Ärgernis für einen mickrigen Vater, der von einem Heldensohn träumt.

Was ist, Siegbert, warum bist du noch nicht drin? Los – hopp ins Wasser, keine Müdigkeit vorschützen, ich habe nicht Lust, hier ewig zu warten, na wird's bald?

Siegbert friert schmalschultrig den Schaumköpfen entgegen. Dreht sich einmal um. Ruft etwas.

Was hast du gesagt?

Es ist sehr kalt.

Ach was! Stell dich nicht so an. Denk an die Spartaner, Siegbert! Duck unter!

Siegbert duckert unter – wird von einer Welle erfaßt, niedergeschleudert, hat keine Luft, schleckt See, kann nichts mehr sehen, hat Angst, rappelt sich blind hoch, wird von neuem niedergeschleudert, denkt nicht an die Spartaner ...

Sein Vater hat die wenigen Momente optischer Heroik mit der Kamera festgehalten. Blende 8, 60stel Sekunde.

Rauskommen, kommandiert er. Flenn nicht! Lach mal her!

Später wird unter diesem Foto im Album stehen: 7. September, 13 Grad Wassertemperatur, 9 Grad Lufttemperatur. Nordseebad Spiekeroog.

Tja, meine Herren, so härtet man frühzeitig seine Söhne ab, damit sie eines Tages richtige, zackige Kerle werden. Heldensöhne. Oder Vatermörder.


*Die Reise nach Sizilien*

Alex hat mit seinen Eltern und Geschwistern eine große Autoreise gemacht. Fünf Wochen waren sie unterwegs. Fünf Wochen voller Erlebnisse und starker Eindrücke – möchte man annehmen.

Am ersten Schultag nach den großen Ferien frage ich Philip: »Was hat Alex von seiner Reise erzählt?«

»Na, daß es schön war.«

»Und sonst?«

»Nich viel.«

»Was hat er denn erzählt?«

»Na, wie sie da unten waren, bei Rom oder so, da hat ihr Kühler gedampft.«

_Der Hosenkauf_

Anfangs ist es ihm völlig egal was er anhat. Hauptsache, es juckt nicht und kratzt nicht und beengt ihn nicht in seinem Freiheitsdrang.

Mit anderthalb Jahren betritt er zum erstenmal an Mutters Hand ein Kindermodengeschäft. Kaum drin im Laden, wird ihm erschreckend bewußt, in was für Gefahren er da ahnungslos hineingetippelt ist. Man verlangt Ungeheuerliches von ihm. Er soll – ohne ersehbaren Grund – vor fremden Leuten – öffentlich sozusagen – seine liebe, alte, vertraute Hose aus – und dafür eine wildfremde anziehen. Das kommt ihm vor wie Verstoßenwerden. Wie Familienwechsel. Niemand steht ihm bei, auch seine Mutter nicht.

Eine Person mit hinterhältigem Verkaufslächeln säuselt: »Naaa? Kleiner Mann?« auf ihn nieder. »Ist das nicht ein niedliches Höschen? Möchtest du das nicht mal anziehen?«

Kleiner Mann spürt Hände an sich, die ihm was rauben wollen, das ihm gehört. Seine alte Hose. Kleiner Mann will auch nicht Kleiner Mann genannt werden.

Kleiner Mann will mit alter Hose raus aus dem Laden, aber nix wie raus. Weil man ihn daran hindert, wirft er sich auf den Boden, wird hochgezogen, läßt die Beine einknicken, denkt nicht daran zu stehen und brüllt. Schreit gellend gegen weibliche Honigstimmen mit Wespenstacheln drin an. Man legt die neue Hose auf seinen zappelnden Rücken und meint erschöpft, sie könnte ungefähr passen, zumindest in der Länge, wenn nicht, Sie haben ja den Kassenzettel, aber Umtausch bitte _ohne_ Kleinen Mann.

Niemand trauert ihm nach, als er, rotgebrüllt und tränenverschmiert, im harten, mütterlichen Griff das feine Kindermodenetablissement als Sieger verläßt – mit alter, lieber, nicht ausgezogener Hose und mit der neuen, von der man noch nicht weiß, ob sie passen wird.

Zweieinhalb Jahre später. Seine Mutter geht mit ihm ins Warenhaus. Während er für einen Groschen und noch einen Groschen und noch einen auf einem hölzernen Pferd galoppiert, kauft sie drei Paar lange Unterhosen für ihn. Er sieht sie erst, als sie eingepackt werden, und findet sie ganz furchtbar. Jetzt schmeißt er sich nicht mehr auf den Boden, um zu protestieren, jetzt spricht er sich aus.

»Du glaubst doch nicht, daß ich die Dinger anziehe, ich bin doch nicht verrückt, die zieh ich nich an, ich denk nich dran, nein, tu ich nich, kannstu machen, was du willst, ich zieh die nich an. Basta.«

»Aber warum denn nicht, Junge? Sie sind so schön warm.«

»Lieber frier ich, frier ich lieber. Geh doch mit den Dingern nich auf die Straße. Lachen ja alle – « und er heult vor Zorn los.

»Aber Junge! Wer verlangt denn das von dir? Das sind doch Unterhosen! Die sieht doch keiner.«

»Und wenn ich verunglücke und die ziehen mir aus?«

Mit sieben äußerte er zum erstenmal konkrete modische Wünsche. Jetzt möchte er all das haben, was seine Freunde tragen. Clarks, Jeans, Anorak, ein Slim-fit-jacket... bloß nichts Geputztes, womit er aus dem uniformen Rahmen fallen könnte. Man kauft ihm das Gewünschte, schön farblich aufeinander abgestimmt. Und dann kommt mal Besuch, und man möchte ihn vorführen, möchte Eindruck mit ihm schinden, und der Eindruck ist auch überwältigend: gelbe Socken mit blauen Ringeln zu beigen Hosen, und unterm roten Pulli ein blaugrünkariertes Hemd, und man fragt sich staunend: Wann hast du denn diesen Papagei ausgebrütet!?

Aber auch die Farbensorglosigkeit geht vorüber. Eines Tages kommt er von selber und fragt: »Kann ich dies Hemd zu dieser Hose anziehn? Paßt das zusammen?« Nun wird er eitel. Nun geht er gern mit zum Hosenkauf. Probiert unermüdlich ein Modell nach dem anderen. Möchte die neue Hose gleich anbehalten. Schwört hoch und heilig, sich damit vorzusehen. Denkt auch zehn Minuten an seinen Schwur, dann nicht mehr.

Am Abend des Einkaufstages hat die neue Hose bereits ein hartes, moderiges Schicksal hinter sich und unterscheidet sich von den alten nur noch dadurch, daß sie ein bißchen zu lang ist. Aber nach dem ersten Waschen ist auch dieser Unterschied durch Einlaufen restlos behoben.

Ein beständiges Ärgernis bleibt zu allen Zeiten die gute Hose. Das Ausgehstück. Nun sind die gesellschaftlichen Verpflichtungen eines kleinen Jungen im allgemeinen noch sehr begrenzt, was bedeutet: Die gute Hose amortisiert sich nie. Sie wird so lange geschont, bis ihr Besitzer aus ihr herausgewachsen ist.

Der Junge haßt die gute Hose. Er kommt sich darin verkleidet vor. Trotzdem wird jedes Jahr eine neue, teure, gute Hose gekauft. Gute Hose muß eben sein, auch wenn sie 362 Tage vom Jahr nicht aus dem Schrank herauskommt.

Erinnerungen an den ersten Besuch im Kindermodengeschäft werden wach, wenn die Mutter mit dem Sechzehnjährigen *die* gute Hose des Jahres kaufen geht.

Für ihn gilt nur ein modisches Gesetz: je älter, ja abgewetzter, je schiefgelatschter, je ausgebeulter, je schöner. Na bitte, soll er, wenn's ihm gefällt. Was aber, wenn ein gesellschaftliches Ereignis oder ein familiäres bevorsteht – z. B. eine Beerdigung?

Es geht nun mal nicht ohne gute Hose. Kann man machen, was man will.

Der Sechzehnjährige ist seiner Mutter längst über den Kopf gewachsen. Aber was sie an Länge eingebüßt, hat sie an Gewitztheit zugewonnen. Sie nimmt sich für diesen Hosenkauf Verstärkung mit – den Vater, Bruder oder einen Freund.

Diese dritte Person wird gleich nach Eintritt ins Herrengeschäft an der Tür postiert, um dem Sechzehnjährigen den Fluchtweg abzuschneiden.

Da steht er nun – umzingelt, mit verschlagenem Blick auf eine Ausbruchsmöglichkeit lauernd. Ein eleganter Verkäufer nähert sich ihm mit leicht blasiertem Tonfall: »Sie wünschen?«

»Eine Hose«, brummt er, »haben Sie eine?« – und diese Frage vor Wandschränken, in denen Hunderte übereinander baumeln.

Der Verkäufer fragt, ob er ein bestimmtes Modell im Auge habe? Weitgeschnitten mit Aufschlägen oder mit tiefangeschnittenem Leibgurt?

Ha? – Hilfloses Staunen. Grinsen. »Na, 'ne Hose eben.«

Seine Taille wird gemessen, die Hüfte, der Schritt, die Beinlänge – idiotisch kommt er sich vor und stellt sich auch so an. Der Verkäufer greift eine Hose aus dem Schrank, hängt sie ihm über den Arm, schiebt alle beide in die Kabine, zieht den Vorhang zu.

Soweit wären wir also.

Der Vorhang beult sich von innen wie bei Wellengang. Schuhe plumpsen. Flüche kollern heraus. Dann atemlose Stille.

Der Vorhang hebt sich, der Sechzehnjährige tritt auf. In der neuen Hose. Appretur auch in der Bewegung. Auf Socken. Mordlustig. Eins ist sicher: Mehr probiert er nicht an. Die Hose ist zu lang und zu weit im Bund, aber das macht nichts, das kriegt man schon irgendwie hin. Hauptsache, man hat erst mal eine.

Sie wird bezahlt, in eine Tüte versenkt. Gloria – Viktoria!

Nach dieser Vergewaltigung braucht der Junge dringend ein Bier. Soll er haben. Alles, was er will.

Beim Heimkommen am Abend, beim Ausladen der Einkäufe aus dem Kofferraum fehlt die Tüte mit der neuen, guten Hose, wo ist – um Himmels willen – die Tüte mit der Hose!? Junge, denk doch mal nach! Wo waren wir alles? Wo hast du sie zuletzt gesehen?? Er weiß es auch nicht mehr, aber eins weiß er ganz genau – *er* hat die Tüte nicht getragen, sondern die anderen Pakete. Seine Mutter hat sie getragen, aus Angst, er könnte sie irgendwo stehenlassen. Ja, und das ist das Ende von dieser Geschichte und von der guten Hose.

»Philip! Herrgottnochmal, Philippp! Wie oft soll ich dir noch sagen, du sollst nicht mein gutes Schreibpapier nehmen!«

»Na und? Ich nehme ja bloß die Rückseite.«

## Tüpüsch meine Mutter

Meine Mutter! Mir predigste pausenlos: Zieh dir was auf die Füße, lauf nich so nackicht rum, sitz nich immer auf'm kalten Stein, zieh die nassen Stiebel aus, setz was auf'n Kopp, sonst wirste krank.

*Und was machst du?*

Gehst bei 13 Grad in 'n See, dabei weißte vorher, daß d'es nachher wieder im Kreuz hast und nich krauchen kannst, und ich muß mich nach allem bücken, was de runterschmeißt, und deine Schuh zubinden, und denn jammerst rum, und alle müssen dich bedauern. Meine Mutter, tüpüsch das erwachsene Vorbild!

## Sein Vater ist Direktor

Im Unterricht fragt der Lehrer die Kinder nach dem Beruf ihrer Väter. (Warum Lehrer das tun? Keine Ahnung. Wahrscheinlich zur Förderung sozialer Unterschiede.)

Nacheinander stehen die Kinder auf und sagen »Friseur«, »Metzgermeister«, »Tierarzt«, »Postbote«, »Gärtner«, »Anwalt«.

Beppo sagt: »Mein Vati ist in Hamburg.«

Alle Kinder lachen. Der Lehrer sagt: »Ich habe nicht gefragt, wo dein Vater ist, sondern was er ist, kannst du nicht zuhören?«

Beppo kriegt heiße Ohren und ein Gefühl wie im Kettenkarussell. Er stottert: »Direktor. Er ist Direktor.«

»Direktor von was?« bohrt der Lehrer.

Noch einmal Kettenkarussell. »Vom Flughafen.«

Beppo setzt sich erschöpft, während sein Nachbar aus der Bank schießt und traditionsbewußt »Schwanenapothekenbesitzer« kräht.

In der Pause fragt der Drogistensohn: »Wenn dein Vati Direktor vom Hamburger Flughafen ist, dann kriegt ihr doch sicher Rabatt aufs Fliegen?«

»Klar«, sagt Beppo.

»Überallhin?«

»Bis Texas. Und noch weiter.«

»Mei, o mei, Klasse!!!« Die meisten von Beppos Mitschülern kennen das Fliegen nur von Sonntagsbesuchen im Flughafenrestaurant. Sie haben die Düsenklipper beim Landen und Starten gesehen, nicht aber die große, weite Welt, die zwischen Start und Landung liegt.

Beppo kennt sie – dank seinem Vater. Mit Rabatt. So einen Vater müßte man haben!

Am nächsten Samstag früh zieht Beppo seine guten Hosen und den gelben Pulli an, denn gleich nach der Schule wird ihn seine Mutter zum Flugplatz fahren: Alle zwei Monate verbringt er ein Wochenende bei seinem Vater in Hamburg.

Beppos Mutter ist Ärztin. Eine fabelhafte, bewundernswerte Frau. Alle loben ihre Tüchtigkeit. Wie sie das schafft – drei Kinder und die Praxis! Von seinem Vater spricht keiner. Als ob es ihn gar nicht mehr gäbe. Als Beppo klein war, hat er noch bei ihnen gewohnt. Das war eigentlich ganz schön. Wenigstens einer, der immer für ihn Zeit hatte.

Beppo fliegt zu seinem Vater nach Hamburg. Er sieht ihn schon von weitem – groß, hager mit dem unvermeidlichen Pfeifenhaken im Gesicht.

Beppo grinst ihm entgegen, bis ihm die Tränen kommen.

»Hallo, Vati…«

»Hallo, mein Junge…«

Süßer Tabakgeruch, rauher Stoff, Arme, die seinen mageren Rücken beinah zerknicken. Mit einem Koffer-Boy, auf den sie seine Reisetasche laden, rasen sie durch die Gänge und ihrer Verlegenheit davon.

Auf dem Parkplatz steht ein Superwagen. »Sagenhaft«, staunt Beppo. »Wieviel PS?«

»Zweihundertvierzig. Eine 6,4–Liter–V–8–Maschine.«

Noch einmal »Sagenhaft!!!« und »Fahren wir damit zum Hafen?«

Nebeneinander lehnen sie an der Reling der Barkasse, umflogen von klagenden Möwen, dickbauchigem Tuten und … Fernweh.

Beppo erzählt von der Schule, von seinen Geschwistern und einem selbstgebauten Staudamm. Sein Vater erzählt von geschäftlichen Verhandlungen, in denen er gerade steckt.

»Wenn alles klappt, verdiene ich dabei ein Vermögen. Dann fliegen wir beide nach Afrika auf Safari.«

»Aber ohne Schießen«, sagt Beppo.

Als es zu regnen beginnt, zieht der Vater seinen Trenchcoat an und nimmt Beppo mit hinein.

Für abends hat er einen Tisch bei Sellner bestellt. Beppo strahlt über kauende Backen hinweg seinen Vater zufrieden an, wie der es sich wünscht. Einmal gehen Leute an ihrem Tisch vorbei dem Ausgang zu – sehr schicke Leute. »Das sind alte Freunde von mir«, sagt der Vater und ruft sie an.

»Oh, hallo, Piet… geht's denn?« sagen sie rasch, ohne Lächeln, und sind schon vorbei, ehe er ihnen seinen jüngsten Sohn vorstellen kann.

»Sie haben es eilig«, sagt er, »ich nehme es ihnen nicht übel. Noch vorgestern hatten wir einen großen Abend zusammen.« Trotzdem hat seine gute Stimmung einen Knacks, er beginnt zu trinken. Beppo sagt besorgt: »Laß uns heimfahren. Ich bin müde.«

Und sein Vater sagt: »Ich habe meine alte Wohnung aufgegeben. Sie war viel zu groß für mich. Bis die neue fertig ist, wohne ich bei einer Bekannten.«

Beppo ist es egal, in welcher Wohnung, auf welchem Sofa er schläft, solange sein Vater sich darüber freut, ihn bei sich zu haben.

Ein langes, lustiges Junggesellenfrühstück am nächsten Morgen. Danach fängt schon der Abschied an, obgleich die Maschine erst am späten Nachmittag geht.

Sie fahren ziellos durch die leeren, trüben Sonntagsstraßen, trödeln ein Stück an der Elbe entlang, beobachten Schiffe, werden immer einsilbiger, Eis und Coca schmecken nicht mehr so richtig. Beppo sucht die Hand seines Vaters.

»Es war schön«, sagt er.

Der Abschied endlich ist fast eine Erlösung vom langen Fürchten vor dem Abschied.

»Wir fliegen nach Afrika«, sagt der Vater. »Vergiß nicht, wir fliegen bestimmt. Gleich morgen besorge ich Prospekte und schicke sie dir. Okay?«

»Okay«, sagt Beppo und winkt zurück, solange er noch etwas von dem winkenden großen Mann im karierten Sakko sehen kann. Und er weiß, wie dem jetzt zumute ist.

Er weiß noch viel mehr, worüber er mit niemandem sprechen wird, auch nicht mit seiner Mutter und den Geschwistern, mit denen schon gar nicht. Er weiß mehr, als für seine neun Jahre erträglich ist:

Das Auto mit 240 PS wird sein Vater jetzt dorthin zurückbringen,

wo er es für dieses Wochenende gemietet hat, um Beppo zu imponie-
ren. Die großen Geschäfte mit Riesengewinnen gibt es nicht. Und niemals den gemeinsamen Flug nach Afrika, wovon denn?

Das Geld für dieses üppige Wochenende hat er geborgt – vielleicht
von der Dame, in deren Wohnung er jetzt wohnt. Er ist schon lange
ohne feste Anstellung. Und seine schicken Freunde von einst, die rasch,
ohne Lächeln an ihrem Tisch vorübergingen, wollen seine alten schik-
ken Freunde nicht mehr sein, nachdem er sein Vermögen mit ihnen
durchgebracht hat.

In den Augen der Gesellschaft, in den Augen seiner eigenen Frau und
seiner Kinder – außer Beppo – ist er ein Taugenichts, ein Versager, ein
abgeschriebener, alternder Playboy.

Beppo ist ja nicht dumm. Er hört, wie man über seinen Vater redet,
wenn man glaubt, er hört es nicht. Vielleicht stimmt das auch alles, was
sie über ihn sagen. Trotzdem ist er ein guter Vati, ein viel umgängliche-
rer als all die Väter, die bloß an ihren Beruf denken und Vermögen an-
schaffen und so stolz auf ihre Titel sind – Professor, Bürovorsteher,
Schwanenapothekenbesitzer…

Beppos Vater hatte immer Zeit für Beppo und so viel Geduld – welcher Vater hat das schon?

Ich hab ihn lieb, denkt Beppo. Und darum und weil die Menschen
bloß vor Menschen Achtung haben, die reich sind oder einen Titel füh-
ren, und weil Beppo genauso stolz wie die anderen Jungen in seiner
Klasse auf seinen Vati sein möchte, hat er ihn zum Direktor vom Hamburger Flughafen ernannt. Ist das nun eine schlimme Lüge?

Ja, schon, aber nur, wenn sie herauskommt. Hamburg ist weit…

Gerade als ich vom Hof fahren will, hält ein Taxi vorm Tor und versperrt mir die Ausfahrt.

Im Fond des Wagens sitzen zwei noble Heinis im Alter von zehn und zwölf Jahren und sind mein Sohn und sein Busenfreund.

Busenfreund zahlt. Sohn steigt aus und erschrickt leicht, als er mich sieht.

»Hallo, Mami – na?«

»Sagt mal – piept es bei euch? Habt ihr zuviel Geld? Taxi! Könnt ihr nicht laufen?«

»Laufen schon«, sagt Sohn.

»Aber nicht tragen«, sagt Busenfreund.

Gemeinsam hieven sie eine große Kiste aus dem Taxi mit hölzernen Forts, Wachttürmen, Kutschen, Planwagen. »Toll, gell?«

Ehe ich den Mund zum nächsten bösen Staunen aufreißen kann, sagt Sohn: »Keine Sorge! Ist alles aus zweiter Hand. Haben wir einem Jungen abgehandelt.«

Busenfreund: »Für sagenhaft billiges Geld.«

Sohn: »Kostet fast überhaupt nichts. Und davon zahlt jeder bloß die Hälfte.«

Sohn holt eine Supermarkttüte aus dem Wagen, die von Soldaten überquillt. »Die haben wir noch zugekriegt. 60 Stück Südstaatler und Nordstaatler.«

»Zugekriegt?«

Sie gucken mich mit sanftem Tadel an: immer dieses erwachsene Mißtrauen: »Natürlich. Kannst ja den Jungen fragen, von dem wir sie haben. Ruf ihn doch an.«

Sie wissen genau, daß ich nicht anrufe, weil ich wiederum weiß, daß der Junge alles beteuern wird, was Sohn und Busenfreund ihm eingebleut haben. In ihren Unternehmungen gibt es keine Lücke, in die das Mißtrauen der Großen erfolgreich einstechen könnte. Sie werfen auch nicht ihr Taschengeld zum Fenster hinaus, wie wir immer annehmen. Sie sind nur fabelhafte Geschäftsleute und ganz, ganz prima Jungs. Finden sie.

Um mir zu beweisen, daß ihre Anschaffung kein Luxus war, sondern im Gegenteil, sagt Busenfreund: »Wir haben in der Schule gerade über den amerikanischen Bürgerkrieg gesprochen.«

Und Sohn sagt: »Es übt so historisch, wenn man die Schlachten zu

Hause nachkämpft.«

Damit, so finden sie, ist ihr Großeinkauf vom pädagogischen Standpunkt aus völlig gerechtfertigt, ja geradezu lobenswert – oder?

Zwei Paar Augen voll strahlender Treuherzigkeit sehen mich an. Ihr Ganoven, denke ich und fahre vom Hof, und dabei fällt mir ein, daß Sohn mich heute mittag um Vorschuß auf sein Taschengeld gebeten hatte: »Ich brauche dringend Hamsterfutter. Wenn ich heute kein Futter kaufe, verhungern die armen Tierchen.«

Er appellierte an mein humanes Gewissen. Ich gab ihm Vorschuß.

Jetzt haben wir Forts und Kanonen und Soldaten. Aber haben wir auch Hamsterfutter?

Um diese Frage zu klären, bin ich bereits zu weit von zu Hause entfernt.


Was waren das für ehrlich-rauhe Zeiten, als Sohn sieben war, als er mir noch echten Aufstand frei Haus lieferte. Als seine Freunde am Zaun standen und brüllten:

»Ho-ho-ho – Philip komme runter! Laß dir nichts gefallen!«

Und Philip selbst in seinem Zimmer brüllte: »Ich geh! Ich zieh aus! Ich bin ein freier Mensch!«

Und ich ihm beim Kofferpacken half. (Er zog natürlich nicht.)

Wir stritten und kämpften, daß die Fetzen flogen. Aber ich wußte damals, woran ich war. Heute wird mir jeder Vorwurf im Munde entschärft. Statt Widerständen geschickte Begründungen und ehrbare Ausreden, gepaart mit diesem treuherzigen Jagdhundblick.

Ich glaube nichts mehr, finde aber auch keinen Ansatz für aktives Mißtrauen. Packe ich zu, glitschen sie weg. Und sind auch noch logisch dabei. Werden nie aufsässig. Der Umgang mit Sohn und Busenfreund ist so bequem, so angenehm, so *unheimlich* angenehm geworden.


Nach zwei Stunden komme ich aus der Stadt zurück. Der Hof steht voller Mieter. Auf dem Weg vom Tor zur Garage attackieren mich:

a) Frau Th. mit verdrehten Augen: »Das geht doch nicht! Das ist nicht auszuhalten! Diese Knallerei in Ihrer Wohnung!«

b) Herr S.: »Sie haben meine Geranien mit Spaghettis beworfen! Mit gekochten!«

c) Herr v. F.: »Wissen Sie, wie Ihr Sohn meine Tochter geschimpft hat? Ein Scheißweib! Vom Balkon herunter!«

d) Frau L.: »Die Bengel schießen mit Kanonen in Ihrer Wohnung. Die stecken noch das Haus in Brand. Und in meinem Briefkasten habe ich eine feuchte, alte Socke gefunden!«

Sie gucken mich an, als ob ich die Mutter von Al Capone wäre. Und da platzt mir der Kragen.

Sechs Jungen verunsichern mit ihren Pistolen und ihrem Einfallsreichtum das Grundstück, aber ausgerechnet meiner und sein Busenfreund sollen es immer gewesen sein. Dabei sind sie die gutartigsten Teufel von allen. Sie klauen nicht, zerstören nichts, schlagen niemandem die Zähne ein – na ja, das bißchen Knallerei. Knallen tun alle Jungs.

Und wenn meiner »Scheißweib« zu Herrn F's Tochter gesagt hat, so war das sein gutes Recht. Schließlich hat sie ihn neulich eine Arschgeige genannt. Und im übrigen habe ich die Petzerei satt.

»Beschweren Sie sich abwechslungshalber mal bei den anderen Jungeneltern!«

Ich rausche hochmütig ins Haus und denke, mich äfft ein Spuk. Das darf nicht wahr sein. Von Stufe zu Stufe aufwärts wird es immer lauter. Dazwischen hoch und hysterisch entnervtes Hundebellen.

Im Jungenzimmer tobt die Schlacht von Bull Run über den ganzen Fußboden. Sohn bewegt die Südstaatler, Busenfreund die Nordstaatler.

Große Verluste auf beiden Seiten. Einschläge über Einschläge.

Es knallt, brennt, qualmt und stinkt infernalisch.

»Seid ihr wahnsinnig geworden????«

Die beiden schauen verschreckt hoch – ich spüre, mein vulgärer Aufschrei hat ihre zarten Ohren und Gemüter verletzt – was will ich denn auch, sie spielen doch ganz friedlich Krieg!

»Sofort aufhören – wie oft habe ich euch – das ist nicht zum – Donnerwetter noch mal!«

Ich trete mitten in die Schlacht, es knirscht. Ich entreiße ihnen die verflixten Pfennigschwärmer alias Schweizer Kracher. Hundertmal habe ich ihnen verboten, die Dinger zu kaufen. Sie sind gefährlich, sie – ach, guck mal an – meine Streichhölzer haben sie auch. Ein ganzes Paket mit Kleister zu Barrikaden zusammengepappt. Sie zischen und kokeln auf Meißner Untertassen – meine Stimme überschlägt sich.

Da hebt Sohn etwas auf und sieht mich klagend an: »O Mami, das war General Lee. Du hast General Lee zertreten!«

Na und? Was ist? Erwartet er etwa, daß ich mich deshalb entschuldige?

»Das ganze Haus tobt! Euretwegen bin ich mit allen zerstritten! Wenn wir 'ne Kündigung kriegen, ist es eure Schuld!«

Sie gucken erschrocken. »Was haben wir denn nun schon wieder angestellt?«

Ich sage bloß: »Nasser Socken! Spaghettis! Scheißweib! Und vor allem die verflixte Knallerei!«

Gegen die nassen Socken verwehren sie sich entschieden. Das waren sie nicht. Das müssen die anderen gewesen sein. Was die Spaghettis anbelangt – das waren doch bloß gekochte! Und das bißchen Knallen – na und.

Die beiden lesen wachsam in meinen Augen. Dürfen sie grinsen? Müssen sie bekümmert tun?

»Wie konntet ihr bloß!« sage ich.

Tja, das verstehen sie jetzt auch nicht mehr. Wirklich nicht. Und es tut ihnen furchtbar leid. Ehrlich. Sie entgleiten meinen Vorwürfen durch flinke Einsicht.

Bloß keinen Widerstand leisten. Zerknirschung zeigen. Höflich bleiben. Verkitschter Jagdhundblick. Wer brüllt, hat unrecht. Also lassen sie die Erwachsenen brüllen. Nur ja keinen Wind in ihre Segel blasen. Immer schön die Flaute pflegen. Da stehe ich nun mit schlackernden Segeln, völlig entpustet. »Und so was wie euch habe ich noch in Schutz genommen!«

»Das war irre nett von Ihnen, vielen Dank«, sagt Busenfreund und schüttelt herzhaft meine Hand. Sohn küßt mich.

»Wir werden uns gleich entschuldigen«, sagen sie und ziehen eilfertig los. An der Tür drehen sie sich noch einmal um. »Hat sich sonst noch wer beschwert?«

»Bisher nicht.« Ich höre sie durchs Treppenhaus traben und klingeln. Sie hausieren mit ihren Entschuldigungen von Tür zu Tür. Zehn Minuten später sind sie wieder da.

»Na?«

»Alles okay. Frau L. hat uns Bonbons geschenkt. Möchst einen?«

Erboste Nachbarn erwarten das Schlimmste von kleinen Jungs, nur keine Einsicht in ihre Schandtaten und keine freiwilligen Entschuldigungen. Völlig entschärft, weil überrumpelt, stehen sie da – und erteilen irritiert Absolution. Die Weste der Knaben ist frei für neue Flekken.

Alle lächeln wieder, wenn sie den beiden begegnen. Bloß wenn sie mich treffen, kriegen sie einen spitzen Mund.

Mir nehmen sie noch lange übel, daß ich zwei gerissene Gauner laut-stark verteidigte, denen sie längst verziehen haben.


*Er sitzt am Tisch und knurrt...*

### 1. Rätsel

Was ist das? Es beginnt damit, daß etwas wütend auf den Tisch ge-knallt wird, was man auch ordentlich hinlegen könnte.

Ehe man sich damit befassen kann, muß erst ein ganzes Mittelgebirge an Unlust und inneren Widerständen beiseite geschoben werden.

Es geht selten ohne Streit ab, ist vielmehr ein familiärer Nahkampf, der sich täglich wiederholt,

...ist allen Teilnehmern von ganzem, ehrlichem Herzen verhaßt,

...kostet ein bis vier Stunden der goldenen, eh so knappen Freizeit,

...verschlingt schier unmenschliche Mengen an

a) Geduld

b) Nerven

c) Energien.

Um jede Leistung wird gehandelt wie weiland auf dem galizischen Pferdemarkt.

Es macht aus einem frischen, tatkräftigen Jungen einen laschen Ben-gel, der sich am Tisch lümmelt, als ob er keine Knochen hat,

der selten zuhört, wenn man ihm etwas erklärt,

der indessen an hundert andere Dinge denkt,

so tut, als ob er einem eine Gnade erweist, wenn man ihm helfen muß,

einem in Ermangelung eines Schuldigen alle Schuld für alles in die unschuldigen Schuhe schiebt,

zum Dank noch frech wird,

dem man pausenlos eine langen möchte und täglich aufs neue ver-spricht, nie mehr zu helfen,

und täglich aufs neue hilft.

Was ist das?

Das sind Mutter und Sohn, die gemeinsam Hausaufgaben machen.


### 2. Rätsel

Es sitzt am Tisch und knurrt.

92

Es knurrt aber nicht lange, weil es gleich zu bellen anhebt.

Es bellt: Dämlicher Bengel, wenn du alles besser weißt, dann mach doch deinen Krempel alleine… Wie komme ich denn dazu… auch noch bockig, wie? Das haben wir gerne… na warte, Bürschchen, das kannst du vielleicht mit deiner Mutter machen. Mit mir nicht, verstanden. *Mit mir nicht!*

Fetzen fliegen. Türen fliegen. Flüche fliegen hinterher.

Aus.

Nun, was ist das?

Das ist ein Vater, der einmal in einem Vierteljahr mit seinem Sohn Schularbeiten machen soll.

## Schularbeiten

Wir pauken das Präsens, Imperfekt und Futurum. Philip nach einer Weile, erschöpft: »Ich bin erst froh, wenn wir mit der Zukunft am Ende sind.«

## Finster war's, der Mond schien helle…

Weißt du noch den Abend vor deinem zehnten Geburtstag? Es war Vollmond, und wir sind Boot gefahren.

Nur die Ruderschläge und das Glucksen an der Bootswand und manchmal das Kecken der Bläßhühner im Schilf, sonst war es still.

Eine quecksilbrige Stille, die dem See alle Vertrautheit nahm. Wir unterhielten uns leise.

Einmal zog ein aufgescheuchter Schwan über uns hin, das klang, als ob hundert Peitschen gleichzeitig die Luft schlügen.

Schwanensee – da oben flog die Fonteyn Richtung Starnberger Bahnhof.

Starnberger See. König Ludwig ging um – ohne Wagnerbegleitung. »Schöner Schmarrn«, sagtest du, bis in die Knochen ergriffen.

Dann kamen die Rosen angeschwommen, weißt du noch, die Rosen, fast schwarze Blütenköpfe auf dem quecksilbrigen Spiegel des Sees.

Du hast sie aufgefischt, so viele tropfende Rosen, wer weiß, woher, von wem, für wen bestimmt – Rosen für einen Ertrunkenen, für einen Erinnerungstag, aus einer Laune heraus geköpft und ins silberne Wasser geworfen... was für eine pathetische Nacht. »Der See gratuliert dir«, sagte ich, und du sagtest noch einmal »Schmarrn«, bis in die Knochen ergriffen, und dann »danke...« so vor dich hin.

Wir haben die Rosen in eine Schale getan und auf deinen Geburtstagstisch gestellt zu den anderen Blumen, aber wir hatten alle beide nicht den Mut, zu erzählen, woher sie stammten. Es hätte uns ja doch keiner geglaubt.


*Der Familiensonntagsspaziergang*

Karli mag nicht spazierengehen. Seine Schwestern mögen nicht. Sie kennen überhaupt nur einen Jungen, der gern spazierengeht.

Karlis Eltern gingen früher auch nicht gern spazieren, sie geben es sogar zu. Trotzdem treiben sie ihre Kinder Sonntag für Sonntag durch die Gegend, weil es doch so gesund ist.

Sonntagsspaziergang ist nach Karlis Meinung so gesund wie rohe Möhren, Frühgymnastik und kalte Duschen, wie all die Sachen, die einem Jungen das Dasein verleiden können.

Vorneweg marschieren die Eltern, umkreist von Karlis Schwester Lilli. Die Mutter sagt: »Lilli, lauf uns nicht pausenlos vor die Füße«, aber Lilli muß so nah bei den Erwachsenen gehen, sonst kriegt sie ja nicht mit, was sie sich erzählen.

Hinter ihnen trottet Susi. Alle zehn Meter bleibt sie stehen und zieht die Strümpfe hoch.

Hinter Susi kommt eine Weile niemand, und dann kommt leider Karli.

Karli schubst Kiesel vor sich her, holt aus und tut so, als ob er jemand Bestimmtes treffen möchte. Oder er verdrischt die Blätter an den Büschen mit einem pfeifenden Stecken.

Ab und zu bleibt Vater stehen und ruft: »Karli, trödel nicht so!« Dann setzt sich Karli kurzfristig in Trab. Kurzfristig.

Optisch gesehen erinnert unsere Familientruppe an einen Almabtrieb – jeder trottet, wie es ihm paßt, und die Autos müssen derweil halten.

Worin liegt wohl der tiefe Sinn eines solchen Sonntagsspaziergangs? Können Sie das bitte mal dem Karli sagen?

»In frischer Luft und Bewegung.«

Aha. Sehr gut. Aber Karli weiß schöne Spiele, bei denen er noch viel mehr Bewegung und Luft hätte. Worin liegt also der Sinn?

In tödlicher Langeweile und Milzstechen, sagt Karli selber.

Ab und zu kriegt er es am Fuß – aua, mein Fuß, wartet doch mal, ich hab was am Fuß! Seine Mutter kommt und fragt: Zeig mal wo, und Karli sagt: Da, und sie sagt: Ich seh nichts, und Karli sagt: Es ist aber was, bestimmt!

Sein Vater sagt: »Alles Falle. Der Bengel will bloß nicht spazierengehen.«

Womit er absolut recht hat.

Man geht übrigens nach der Uhr und nie ohne Ziel. Dieses Ziel kann eine schöne Aussicht sein oder eine Gastwirtschaft. Die Aussicht ist meistens mit einem Anmarsch in die Höhe verbunden, bei dem man ins Schwitzen und Japsen gerät. Wenn man dann endlich oben ist, guckt man runter. Und was sieht man da? Das, was die Erwachsenen eine schöne Aussicht nennen.

Und was sieht Karli? Bäume von oben. Dächer. Einen Fluß, der sich ringelt. Und deswegen hat er so weit und so hoch latschen müssen.

Da ist ihm eine Gastwirtschaft als Wanderziel schon lieber, aber nur, solange er Durst und Hunger hat. So lange. Danach nicht mehr. Danach will er zurück. Nun kann es aber passieren, daß sein Vater ein zweites Bier trinkt und Sitzfleisch kriegt und noch ein bißchen bleiben will, was drängelst du denn, Junge, hier ist es doch gemütlich.

Und damit ist der ganze Sonntag im Eimer.

Armer Karli.

Im Sommer bricht die Familie bereits um sieben Uhr früh zum

Spazierengehen auf, denn später ist es zu heiß dazu. Das bedeutet für Karli, daß er nicht mal am Sonntag ausschlafen kann.

Aber die schwerste Zeit steht ihm im Spätsommer bevor, wenn seine Mutter plötzlich mit dem Aufjubeler: »Schaut mal, ein graublättriger Nadelholzschwefelkopf!« ins Unterholz neben dem Wanderweg einbricht.

Armer, armer Karli. Alle Hoffnungen auf eine baldige Heimkehr stürzt in ihm zusammen. Er kennt die Sammelwut seiner Familie, die der Anblick des ersten, eßbaren Pilzes auslöst. Manchmal hält sie mehrere Stunden an.

Karli steht abseits von einem Bein aufs andere und schaut, wie sie gierig suchen, im Waldboden scharren, sich bücken, niederknien, die Plastiktüten vom Frühstück mit Pilzen füllen, worunter auch solche sind, von denen sie nicht mit Sicherheit sagen können, ob es sich um giftige oder nichtgiftige handelt.

Karlis anfangs ehrliche Sorge um den Fortbestand seiner Familie wandelt sich mit zunehmender Langeweile in blanke Kaltblütigkeit: Wozu sammeln sie Pfunde? Wazu? Wenn sie sich unbedingt vergiften wollen, genügt doch wohl ein Pilz – oder?

Aber noch ist nicht Spätsommer. Noch pflücken Mutter und Schwestern Margeriten vom Wegrand zu Sträußen, die zu tragen ihnen dann lästig ist.

Karli trödelt hinterdrein. Sonntag für Sonntag.

Dabei werden seine Gedanken immer finsterer: Ich futter Gras, dann krieg ich Magenkrämpfe und muß nach Haus.

Ich sammel Regenwürmer und stecke sie ihnen in den Kragen.

Ich spring in Pfützen – werden sie naß.

Ich trete in weichen Teer, das zieht mir die Schuh aus. Ohne Schuh kann ich nicht weiterlaufen.

Sie sollen sich an einer Fliege verschlucken!

Aber am liebsten wäre es ihm, es bräche sich einer von der Familie (außer Karli selber) ein Bein.

Dann hätte er endlich sonntags seine liebe Ruhe – wenigstens für ein paar Wochen.

Anderthalb Jahre war er alt, als er mich eines Tages mit der stummen Ratlosigkeit eines Karpfens blau anstierte.

Du lieber Gott, was war denn nun schon wieder los? Er zeigte auf seinen Mund. Der ging nicht mehr auf und nicht mehr zu. Er war restlos verklebt.

Neunzehn noch identifizierbare Gummibären holte ich aus ihm heraus. Das ist eine ganze Menge für einen anderthalbjährigen Mund, aber er konnte ja nie genug kriegen.

Er mußte damals alles habenhabenhaben.

Mit drei Jahren machte er die ersten Geschäfte. Er tauschte gut erhaltenes Spielzeug gegen defekte Klamotten ein.

Gewinn bedeutet: was Neues, egal, wie viele Räder daran fehlten.

Eines Tages bot ihm Frankie seine beiden Großmütter gegen seine eine Ohoh an. Philip war inzwischen fünf und gewitzig genug, um zu wissen, daß Verdoppelung des Einsatzes noch längst nicht gleichbedeutend mit Gewinn sein muß. Er behielt seine Großmutter.

Mit sieben kaufte er sich zwei Schreibhefte. Auf das eine schrieb er: »Ein Namen«. Auf das andere »Ausgaben«.

Die Rechtschreibung war schlimm. Die Abrechnungen stimmten genau.

Eines Tages erbte er tausend Mark. Das war vielleicht ein Ding.

Dafür konnte man einen Optimisten und ein Rennrad oder ein ferngesteuertes Flugzeug mit allem Zubehör kaufen.

Nicht so Philip. Für ihn begannen von Stund an die quälenden Sorgen eines reichen Mannes: Wie schütze ich meinen Besitz vor Inflation und unverhoffter Fremdeinwirkung? Wie vermehre ich ihn am schnellsten, ohne ein Risiko einzugehen?

Er erkundigte sich bei allen ortsansässigen Geldinstituten nach dem höchsten Zinssatz und vertraute sein Vermögen schließlich der Bank an, die zu Weihnachten die anständigsten Taschenkalender verschickte. Aber sicher erschien diese Unterbringung nicht. Man las ja genug in den Zeitungen und hörte im Fernsehen, nicht wahr? Wenn er sich früher als armer Junge über gelungene Banküberfälle amüsiert hatte, jetzt fürchtete er sie. Denn – gesetzt den Fall, sie klauten eines Tages *sein* Geld!

Philip hatte keine ruhige Minute mehr. Verlor zusehends seine Unbeschwertheit. Eines Tages schwang er sich auf sein Fahrrad und

radelte zu seiner Bankfiliale. Er ließ sich den Vorsteher kommen und sprach ihm höflich sein Vertrauen aus. Dennoch wollte er gerne wissen, ob sein Geld noch da wäre und ob er es mal sehen dürfte.

Der Vorsteher nahm ihn mit zum Kassierer, der Kassierer zählte Philip tausend Mark in Hunderten vor, Philip bedankte sich und fuhr beruhigt nach Hause.

Dann lernte er einen Millionär kennen.

Der saß alt und schwarz wie eine frierende Krähe in einem alten schwarzen Bentley, der aussah wie ein Sarg auf Rädern.

Mit ihm besprach Philip seine Finanzprobleme. Der alte Herr sagte: »Merke dir eins, mein Junge, Vermögen werden nicht verdient, sondern erspart.«

Philip sagte, er könne leider nicht so lange leben, wie seine tausend Mark brauchten, um zu einem großen Vermögen anzuwachsen.

Darauf der Millionär, ja ja, mein Junge, sterben müssen wir alle. Was an sich keine befriedigende Antwort war.

Einmal lud er Philip zum Essen ein. Philip fraß sich krank an Rahmschnitzel mit Spätzle und an Eis mit Sahne. Der zarte, schwarze, alte Millionär begnügte sich mit Rührei und Kartoffelpüree, salzlos, wozu er lauwarmen Heilbrunnen trank.

Philip sah ihm mit zunehmender Sattigkeit, zunehmend nachdenklicher werdend, zu.

Kann sich Millionen Rahmschnitzel leisten und mümmelt ein Rührei! Er sprach den alten Herrn darauf zartfühlend an.

Der alte Herr sagte, es wäre immer noch besser, aus Gesundheitsgründen auf Rahmschnitzel zu verzichten, als sie zwar essen zu dürfen, sich aber nicht leisten zu können, verstehst du?

Nein, sagte Philip, das verstand er nicht, dazu aß er Rahmschnitzel viel zu gern.

Der alte Herr sagte, daß die Jugend die Alten nur achte, solange sie ihr nicht auf der Tasche liegen. Was glaubst du wohl, weshalb sich meine Kinder so sehr um mein Wohlwollen bemühen? Nicht etwa aus Liebe, o nein, sondern wegen des Vermögens, das ich zu vererben habe.

Philip dachte ausführlich darüber nach, dann sagte er: Ich habe eine Großmutter, die Ohoh. Von der kann ich nicht viel erben. Trotzdem habe ich sie sehr gern.

Wochen später.

Ich hatte Philip zum Goldschmied geschickt, um eine kleine Reparatur abzuholen. Er kam ohne die Reparatur, aber mit einem massiven Vorschlag zurück: Du, ich hab einen Ring gesehen – der Stein so braun wie Coca und rundherum kleine Brülljanten. Ich hab ihn um hundert Mark heruntergehandelt und zurücklegen lassen.

Wozu?

Der Ohoh ist aller Schmuck am Kriegsende geklaut worden. Wenn du der Ohoh den Ring zum Geburtstag schenkst…

Die Ohoh braucht einen Eisschrank.

Wenn du ihr aber den Ring schenkst, freut sie sich so, lebt sie noch ein paar Jahre länger. Außerdem fühlt sie sich dann in ihrem Alter ganz anders. Weil sie dann eine Juwele hat, die sie uns vererben kann. Darum.

Wir haben der Ohoh den Ring geschenkt, was blieb uns anderes übrig?


*Lädi Schätterle*

Michel und seine Großmutter waren lange vorm Weckerrasseln aufgewacht und aufgestanden und hatten bei Lampenlicht in der Küche gefrühstückt. Eine Stunde vor Abflug der Maschine nach Frankfurt und Paris trafen sie auf dem Flughafen ein, saßen aufgeregt auf einer Bank herum, und in beider Stimmung war eine weiche Kuhle, darin lag der Abschied.

Großmutter holte ihr grünes Portemonnaie aus der Tasche und schenkte Michael eine Mark. »Damit du dir unterwegs was kaufen kannst.«

Er zog ebenfalls seine Geldbörse – eine Seppelhose mit Gruß-aus-Tegernsee auf dem Latz – und suchte einen Gegenstand zwischen dem Kleingeld hervor, der aussah wie ein winziger Kiesel.

»Was ist das?«

»Zahn«, Michel zeigte die dazugehörige, frische Lücke in seinem Mund. »Backenzahn. Der erste mit Plombe. Willsten haben? Sonst nehme ich ihn Mami mit.«

Die Großmutter sagte, sie würde ihn gern behalten.

»Hast du Mamis rausgefallene Zähne auch gesammelt?«

»Ein paar«, sagte sie.

»Und wo sind sie jetzt?«

101

»Ich weiß nicht, wahrscheinlich damals mit ausgebombt.«

»Du hast auch wirklich alles verloren in dem Krieg«, sagte Michel, und dann wurden die Passagiere nach Frankfurt und Paris aufgerufen.

Nun hing die Kuhle durch.

»Hast du alles, Junge? Das Geld? Den Ausweis? Dein Billett?«

Billett. Was für altmodisches Deutsch. »Das heißt Ticket.«

Michel beobachtete einen dicken Chow-Chow, den ein älteres Ehepaar mit Hilfe des Bodenpersonals in einen Reisekorb zu stopfen versuchte. Immer wenn sie erleichtert glaubten, jetzt ist er drin, war er wieder draußen. Der Hund kannte das Fliegen wohl schon. Endlich hatten sie ihn ausbruchsicher eingebuchtet. Sein Käfig fuhr auf einem Laufband aus dem allgemeinen Interesse.

»Ob du alles hast!«

»Ja doch«, sagte Michel, »du fragst auch immer dasselbe.«

»Und vergiß nicht, in Paris umzusteigen. Man weiß ja nie bei dir. Nachher steigst du in die falsche Maschine und landest in Marseille. Was dann?«

»In Marseille lassen sich die Seeleute tätowieren.« Das interessierte Großmutter überhaupt nicht.

»Grüß alle schön, und schreib mal«, sagte sie.

»Wir hatten einen Klempner...« sagte er.

»Paß auf dich auf, hörst du?«

»....wie unser Klo kaputt war. Der hatte einen Mädchenkopf mit Locken auf dem Arm und der Mund und die Ohrringe waren rot. Das war bunte Tätowiere.«

Dann war es soweit.

Großmutter nahm ihn in ihre bekümmerten Arme. Die Berührung seiner Schulterblätter löste unendliche Rührung in ihr aus. Zwischen Michels Schulterblättern duckte sich die ganze Hilfsbedürftigkeit dieser Welt und wollte beschützt sein.

Michel ahnte nichts davon. Wer weiß schon, was auf seinem eigenen Rücken vorgeht.

Sie übergab der Stewardess ihren liebsten Enkel. Die Stewardess war groß und blond und ließ im Nu eine professionelle Kinderliebe in ihrem Make-up aufleuchten. Michel fand, daß sie den falschen Knopf gedrückt hatte, den für Kleinkinderliebe. Er war immerhin schon acht.

Seine Großmutter rief ihm nach: »Geh mit Gott, mein Junge –«

Das war ihm ein bißchen peinlich.

Sie eilte dorthin, von wo sie seinen rektalen Einstieg in den

Düsenklipper beobachten konnte. Auf der Gangway stutzte er einen Augenblick und sah sich suchend um. Jetzt fiel ihm wohl ein, daß er vergessen hatte, sie zum 35. Mal an seine Meerschweinchen zu erinnern. Dann schluckte die Maschine sein bißchen Gestalt.

Die Großmutter wartete beklommen den Start ab, sah das riesige, fauchende, schrill pfeifende, dumpfdröhnende, Rauchfahnen furzende Ungeheuer mit ihrem Enkel im Bauch in eine wolkige Ungewißheit steigen – das Ganze kam ihr vor wie die im 20. Jahrhundert technisch ausgerüstete Göttersage von einem ganz brutalen Kindesraub, und wenn es nach ihr gegangen wäre, dann hätte er nie und nimmer allein fliegen dürfen, noch dazu mit Umsteigen. In der Liebe moderner Eltern war so viel Fahrlässigkeit.

Michel selbst sah die Dinge wesentlich sachlicher. Er fühlte sich keineswegs als hilflos Entführter im Bauch eines Ungeheuers, sondern als vollwertiger Passagier eines dreistrahligen Düsenklippers vom Typ Boeing 727 und erwartete, als solcher behandelt zu werden.

Hinter ihm saß eine alte Dame mit zwei kleinen Mädchen. Sie zwang die beiden, vom Start an zu singen aus vollem Hals und ohne Unterlaß und immer noch einmal, Kinder, nicht aufhören – singt! So ist's fein. So beschlagen eure Ohren nicht.

Die Mädchen krähten und lalalaten, bis ihnen die Puste ausging. Endlich kommandierte die alte Dame: »Halt. Nun ist's genug. Nun sind wir oben bei den Engelchen.«

Michel sah sich erschüttert nach den dreien um. Den Stewardessen wies er von Anfang an die Grenzen der Vertraulichkeit zu. Das ausdauernde Onkellächeln des Herrn neben ihm, das viele lästige Fragen befürchten ließ, zerschnitt er mit einer feindseligen Grimasse. Michel war bereits zu kritisch, um bedenkenlos kontaktfreudig zu sein. Der Umgang mit ihm war nicht so ganz einfach. Er hatte ein feines Gespür für falsche Töne.

Seinem bläßlichen, spitzen Gesicht unter einem Schopf fedriger Haare sah man die gerade überstandenen Masern an. Sie waren der Grund, weshalb er eine Woche später als seine Mutter und Bob und Anette an die französische Riviera flog.

Michel trug neue, weiße Jeans, die am Po etwas abstanden, und neue, helle Wildlederschuhe mit Kreppsohlen. Ihre Lautlosigkeit entzückte ihn. Sie waren die Tarnkappen seiner Schritte.

Das Bemerkenswerteste an ihm waren die Augen. Es war sehr viel

Licht in ihnen und heitere Neugier. An seinen schwarzen Wimpern hätte man einen Schock Tränen zum Trocknen aufhängen können, so dicht und lang waren sie. Aber Michel brauchte keine Trockenleine – er heulte selten. Eigenlich nur aus Wut.

Er aß und trank alles, was ihm auf dem Flug bis Paris und von da bis Nizza serviert wurde – bis auf die Oliven.

Als sie durch ein Gewitter flogen und die Maschine in sich vibrierte wie Mehl, das durch ein Sieb geschüttet wird, und im Magen ein Gefühl war wie auf der Achterbahn, wenn es runter geht, meldeten sich die vielen Obstsäfte und Cocas, die er getrunken hatte, und er mußte mal, es ließ sich leider, leider nicht verkneifen. Auf dem Weg zur Toilette machten sich seine Knie selbständig, die Stewardess fing ihn ein und wartete vor der Tür, während er das an Akrobatik grenzende Kunststück versuchte, durch die Luftlöcher hindurch ins Becken zu zielen.

Er lachte sehr dabei. Hände wusch er nicht, die hatte er ja schon morgens gewaschen, das genügte. Dafür parfümierte er sich gründlich und stopfte kleine, eingewickelte Seifenstücke in seine Hosentaschen.

Beim Flug über die Berge holte ihn der Kopilot ins Cockpit. Das war schön – hier oben die vielen Anzeige- und Meßgeräte und Kontrollampen und tief unten die verschneiten Steinmassen der französischen Alpen.

Und dann die Küste, die das Mittelmeer wie eine Borte einfaßte. Blau und grün und türkis das Meer mit Wellenrippen und winzigen Schiffchen. Michel war es, als hielte er den Steuerknüppel der ganzen Welt.

Mit der Überzeugung, etwas Bedeutsames erlebt zu haben, was ihn vor den anderen Menschen auszeichnet, kletterte er in die heißflimmernde, bunte, salopp gekleidete Ferienlässigkeit des Flughafens von Nizza.

Er sah sofort eine winkende Mutter in einem neuen, leuchtenden Anzug und seine Geschwister Anette und Bob. Sie hatten ihre Stuttgarter Freunde mitgebracht und wirkten mächtig eingelebt. Als Michel, beklommen vor Wiedersehensfreude, auf sie zuging, spürte er deutlich ein leichtes Zurückweichen in ihrer Stimmung, ein Abkühlen, Verblassen. Eine Enttäuschung, die bald in Gleichgültigkeit überging.

Die Kinder hatten mit Spannung die Landung der Maschine beobachtet, aber offensichtlich etwas Herrlicheres erwartet als einen bläßlichen Jungen, einen Fremdling in ihrem intimen Ferienkreis und dazu erst acht Jahre alt, mit Abstand der Jüngste von ihnen. So lernte Michel nach dem Hochgefühl des Reisens die Enttäuschung des Ankommens kennen.

Gleich nach dem Auspacken seiner Badehose tastete er sich in das

Strandleben hinein, das den anderen bereits so geläufig war.

Michel stemmte die Arme auf den Meeresgrund, da, wo es flach war, sprudelte mit den Füßen, steckte den Kopf unter, vollführte auch mal kniend Kraulbewegungen, doch leider imponierte sein nasses Getöse, das seine Schwimmunfähigkeit überspielen sollte, nur solchen Kleinkindern, die altersmäßig unter seiner Jungenwürde lagen und deshalb als Spielgefährten nicht in Frage kamen.

Marianna, seine Mutter, ruhte mit ihrer Freundin unter einem buntgestreiften Sonnenschirm. Ab und zu hob eine von ihnen den Kopf und zählte, den verrutschten Bikini zurechtrückend, im Geflimmer über dem Meer ihre gemeinsamen Kindsköpfe. Wenn sie auf fünf kamen, sank sie befriedigt in ihre Faulheit zurück. Diese in duftenden Ölen schmorenden Mütter waren die Flugzeugträger, von denen die kleinen Maschinen ausschwirrten und zu denen sie zurückkehrten, wenn sie Hunger, Streit, eine Wunde hatten oder nichts mit sich anzufangen wußten so wie Michel. Ihm fehlte es außerdem an der für ein Strandleben notwendigen positiven Einstellung zum Nichtstun. Das lag an seinem inneren Reisemotor, der noch das restliche Benzin abkurven mußte.

Michel zog sich mit einer Illustrierten unter den Anlegesteg zurück. Er betrachtete von allen Seiten die Großaufnahmen von einem Flugzeugunglück und gab sich alle Mühe, sich selbst nicht merken zu lassen, wie enttäuscht er von diesem ersten Ferientag war. Er hatte das Lachen der anderen im Ohr und Rauschen und besonnte Ferne und dachte voll Heimweh an seine Meerschweinchen und warum sie wohl Meerschweinchen hießen, wenn sie immer auf dem Trockenen lebten.

Es war eine sorglose, hübsch anzusehende Erreignislosigkeit, die alle Gäste am Hotelstrand genossen, unter der sie aber bei zunehmender Erholung zunehmend zu leiden begannen, selbst Michels schöne Mutter Marianna und ihre Freundin aus Stuttgart.

Sie waren ausgeruht, gleichmäßig gebräunt und sehnsüchtig nach Bewunderung. Die anwesenden Familienväter schirmten sich mit riesigen Zeitungsseiten ab, in denen die Seebrise knisterte. Was sonst so an Männlichkeit herumlief …

Am Strand verschieben sich nun mal die Wertbegriffe. Am Strand werden Scheckbücher, Titel, Geist und Bildung immer hinter einem schönen, braunen Körper zurückstehen müssen.

An diesem Strand siegte zweifellos Castamagne, der Bademeister.

Er war ein großer, muskulöser Mann, bronzebraun, von geradezu

106

aufdringlicher Körperlichkeit. Meist saß er beim Mixer an der stroh-
bedeckten Bar, von hier aus sein Reich überwachend, saß vorgeneigt
da, rauchend und in der Kunst, nichts, aber auch gar nichts zu denken,
sich übend.

Michel fand, daß Castamagne wie der brünette Held einer Fernseh-
serie der Härteklasse eins aussah, und so war auch sein Schritt – wie-
gend, siegstrotzend, der Hintern noch warm vom Sattel.

Michel fand, daß er zu der ganz kühnen Sorte Held gehörte, zu der
mit dem einsamen Blick und der Mundharmonika bei Sonnen-
untergang und die ganze Stadt gegen sich, die Bösen wie die Guten, die
er vor den Bösen schützen wollte.

Dieser einsame Held sollte Michel das Schwimmen beibringen. Michel beschloß, eher zu ersaufen, als sich vor so einem zu blamieren.

Castamagne besaß nicht nur die Statur eines TV-Helden, er bewegte
sich auch wie ein solcher, vor allem im Nassen.

Es kam vor, daß er plötzlich aus seinem Korbstuhl aufstand und den
Steg herauffederte – einen Moment unbeweglich über dem Wasserspie-
gel verharrend – ganz konzentriertes Innenleben bei vorzüglicher
Atemtechnik. Bis es plötzlich über ihn kam.

Michel, der ihm gebannt zusah, wußte nicht, was. Auf alle Fälle

schien eine innere Stimme in Castamagne zum Sturmangriff zu blasen. Er pumpte Luft wie jemand, der eine Luftmatratze aufblasen will und dabei die Puste versehentlich in seinen eigenen Oberkörper zurückpumpt. Die Luft im Körper hob diesen wie eine behaarte, pralle Schwimmblase fünf Zentimeter an, und dann geschah es im nächsten, blitzschnellen Augenblick.

Das kernige Mannsbild tauchte diagonal ins Meer, schleuderte sich wie ein Delphin durch die Wellen – eine kraftstrotzende, kräfteverschleißende Darbietung, ebenso prächtig wie komisch.

Ein Pfau schwamm Rad.

Plötzlich war Castamagne verschwunden, weil zum U-Mensch

geworden. Wenn man dachte, nun ist er ertrunken, wie schade, schoß sein Kopf wieder hoch. Nach kurzem Atemschöpfen brach er in einen blindwütigen Rückenstil aus, das Mittelmeer rücksichtslos durchwühlend und in Schwingungen versetzend. Zuweilen kamen ihm verschreckte Arme und Beine unter, die nicht rechtzeitig hatten flüchten können.

Castamagne war Hai unter lauter Stichlingen und Flundern. Nach einem glänzenden Kraulfinale zog er sich aus dem Wasser und den Magen ein – wegen der vollkommenen Silhouette, die abzugeben, er bestrebt war.

Viele, viele weibliche Augenpaare starrten auf seine knappe, himmelblaue Badehose, als ob sie auf derselben gestickte Preise vermuteten. Oder sonst was. Und sie beobachteten mit eifersüchtiger Wachsamkeit, wie er wassersprühend auf stämmigen Beinen an Michels Mutter vorüberschritt – strahlende, schwarze Wimpern um gerötete Taucheraugen, strahlende schwarze Wimpern selbst auf den Zehen.

Auch Michel wußte, daß die soeben beendete Kraft- und Sportschau ausschließlich für seine schöne Mutter veranstaltet worden war. Er fand es ganz natürlich, wenn Castamagnes Blicke sich als Brenngläser auf ihrem samthäutigen, ausgestreckten Körper betätigten. Ein Held brauchte schließlich eine engelhaft gute, schöne, feine Dame, die er von fern umschmachtete.


Frühmorgens, wenn die Gäste noch schliefen oder auf ihren kleinen, schmiedeeisernen Balkons frühstückten, siebte Castamagne mit einer breiten Harke den Sand. Michel half ihm dabei. Er schleppte die Matten und Liegen heran, steckte Sonnenschirme ein und entwickelte überhaupt einen Arbeitseifer, den seine Mutter bisher bei ihm vermißt hatte – und auch weiterhin vermissen würde.

Michel fühlte sich als Castamagnes Schatten – mehr noch: als auserlesener Jünger seines Idols und als solcher den übrigen Buben haushoch überlegen.

Eines Morgens, nachdem sie gemeinsam den Strand möbliert hatten, erzählte er ihm von seinem Flug im Cockpit über die verschneiten Alpen.

Castamagne, vornübergeneigt, die Ellbogen auf den harten, haarigen Schenkeln, in der Nase popelnd, das Ergebnis von allen Seiten betrachtend, hörte aufmerksam zu. Er hatte in der deutschsprachigen

Schweiz gearbeitet und verstand Michel so ungefähr. Er sagte »Ja, ja«, als Michel geendet hatte, und teilte einen Kaugummi mit ihm.

»Wo bist du her?« fragte Michel.

»Camargue.«

»Ist das weit von hier?«

»Non, pas loin. Du wissen Marseille?«

»Da, wo man sich tätowieren läßt? Da bist du her?«

»Non. Camargue. Nah von Arles.«

Sie malmten ihre halben Kaugummis und zeichneten Figuren in den frisch gesiebten Sand. Castamagne formte ein einfaches Zeichen.

»Ferrade«, sagte er dazu. »Verstehen? Nein? Écoute – ein torre –«

Castamagne baute Hörner mit seinen Händen und blähte schnaufend die Nüstern – ein imposanter Anblick.

»Stier!« lachte Michel.

Castamagne klatschte auf seine muskulöse Hinterbacke: »Ferra-de–ici–auf Stier.«

Michel hatte genügend Western gesehen, um sofort zu wissen, daß er die Prozedur meinte, bei der man dem Rindvieh mit einem glühenden Eisen ein Zeichen aufbrannte, das ihm seine anonyme Freiheit raubte. Tätowierte Hintern. Ferrade. Torre.

Es war dies das erste Gespräch über Stiere, das an jedem Morgen nach der Strandmöblierung fortgesetzt wurde.

Michel wuchs durch seine vielbeneidete Vorzugsstellung bei Castamagne über seine eigene sensible Magerkeit hinaus. Er wurde selbst zum Helden, der seinen Helden imitierte – in Gang, Haltung, Stimme und auch im Dasitzen und Nichts-vor-sich-hin-Denken. Bei dieser Tätigkeit holte er sich einen argen Sonnenbrand und mußte in den Schatten des Sonnenschirms umsiedeln, unter dem seine Mutter und ihre Freundin vor sich hingrillten und mit trägen Stimmen eine halblaute Unterhaltung führten. Michel las zum drittenmal den Brief, den ihm seine Großmutter geschrieben hatte. Er begann mit der Nachricht, daß ihr Nachbar 23 Krebse im Halensee gefangen hatte und die Polizei einen toten jungen Mann. Die Meerschweinchen hatten noch immer keine Jungen.

Castamagne tigerte mit einem Übungsbrett unterm Arm an ihrem Schirm vorüber zum Wasser, um einem kleinen Mädchen, das immer schrie, einen hoffnungslosen Schwimmunterricht zu erteilen.

»Wo kommt wohl so einer her?« überlegte die Freundin

seiner Mutter.

»Aus der Camargue«, sagte Marianna.

»Aus der Nähe von Arles«, sagte Michel. »Alle Männer in seiner Familie sind dort Guardians.«

»Was für Dinger?«

»Cowboys. Soll ich euch sagen, wie man einen wilden Hengst einfängt? Die Hengste sind gefährlich. Sie schlagen und beißen. Man lockt sie deshalb mit zahmen Stuten an. Wenn man sie eingefangen und besiegt hat, wirft man ihnen ein Lasso aus Mähnenhaar um und würgt sie, das ist gemein, aber was soll man machen. Der Hengst muß schließlich irgendwie lernen, daß der Mensch sein Freund ist.«

»Und das weißt du alles von Castamagne?« staunte Marianna.

Michel nahm unwillkürlich den Tonfall seines Halbgottes an, als er sagte: »Er war ja selbst Guardian. Er wollte Chef der Guardians werden wie sein Onkel, aber dann passierte die Geschichte mit seinem Rücken – er ist vom Pferd gestürzt und hat sich das Rückgrat angebrochen. Seitdem darf er nicht mehr reiten. Wenn er noch reiten dürfte, wäre er bestimmt nicht hier Bademeister. Aber durch das Schwimmen ist es schon viel besser mit seinem Rücken geworden.«

»Hat er Familie?« fragte Marianna.

»Ja. Brüder. Zwei sind Guardians. Der Jüngste lernt noch. Er ist ein Guardianou.«

»Ob er eine Frau hat und Kinder, meine ich.«

»Keine Ahnung«, sagt Michel. »Über Weiber reden wir nicht.«

Seine Mutter blickte sinnend auf Castamagne, der im Wasser hinter dem schreienden Mädchen stand und seine Beine dirigierte. Castamagne sah zufällig auch zu Marianna herüber. Marianna setzte ihre große, dunkle Sonnenbrille auf und lachte. »Ein Cowboy. – Bei Lady Chatterley war's ein Waldhüter, nicht wahr?«

»Sag mal, Marianna – « ihre Freundin sah sie scharf an.

»Nein, nein, ich meine ja nur. Ich meine – in jeder Frau wohnt wohl auch eine Lady Chatterly.« Und sie streckte sich mit einem Seufzer aus und sprache nicht mehr von Castamagne.

Am folgenden Wochenende kam Michels Vater zu Besuch. Man erwartet von einem Ankommenden immer Wunderdinge, um dann enttäuscht feststellen zu müssen, daß der Ersehnte erst einmal als Fremdling in den eingefahrenen Schlendrian einbricht, zudem ein Mann wie Heinz D., der es gewohnt war, überall, wo er hinkam, die

Zügel zu ergreifen und den Pferden seine eigene Gangart aufzuzwingen. Auch Ferien mußten gründlich durchorganisiert werden. »Die Sache mal selber in die Hand nehmen«, und »Ordnung in den Laden bringen« waren auch im Privatleben seine bevorzugten Redewendungen. Michels Mutter begegnete ihm mit einem Lächeln ohne Sympathie. Ihre Sanftmut ihm gegenüber war fast unheimlich. Es war der geduldige Haß des Schülers von der letzten Bank gegenüber dem Klassenprimus, der immer alles richtig macht und besser weiß, auch das, was er nicht weiß.

Nach dem Mittagsschlaf jagte der Vater mit den fünf Kindern an der Küste entlang. Jeder der Jungen durfte einmal das hoteleigene Rivaboot steuern. Die Mädchen lagen auf den hinteren Sitzen und ließen die Mähnen wehen.

Heinz D. nahm Michel das Steuer ab und rief hinter sich: »Haltet euch fest! Ich drehe jetzt auf!« Die Mädchen kreischten hingerissen. Michel sagte: »So scharf fährt bloß noch Castamagne.«

»Wer ist Castamagne?« fragte Heinz D., der es nicht gern hatte, wenn ein anderer etwas ebenso gut konnte wie er selbst. »Wer ist Castamagne?«

Auf einmal redeten alle durcheinander. Castamagne ist der Bademeister. Ein toller Schwimmer.

Ein Heuler. Einfach Schau.

Dufte.

Ein ehemaliger Cowboy

Er packt die Kampfstiere bei den Hörnern.

Der beste Wasserskiläufer.

Fängt Wildhengste mit dem Lasso.

Er ist schön.

Irre sexy.

Ein Held.

Heinz D. lachte ärgerlich. »Ihr klingt ja richtig verliebt in diesen Castamagne – bist du mir etwa untreu geworden, Anette?«

»Ach wo«, sagte Anette.

»Klar ist sie verliebt«, schrie Bob.

»Ist ja gar nicht wahr! Nicht wahr, Sigi?«

»Ausgerechnet Sigi fragst du! Wie Castamagne an ihr vorbeigegangen ist, hat sie den BH runterrutschen lassen!«

»Er lügt, Onkel Heinz, er lügt so gemein!«

»Aber Castamagne hat gar nicht hingeguckt. Ist ja auch noch nichts zu sehen!«

»Er lügt schon wieder. Igitt, was seid ihr widerlich! Wenn eine in Castamagne verknallt ist, dann ist das eure Mutter!« In das plötzliche Schweigen rief Sigi noch einmal gekränkt: »Jawohl, eure Mutter! Das weiß doch jeder im Hotel…«

Sigi verstummte, als sie Anettes Fingernägel in ihrem Rücken spürte.

Heinz D. drosselte den Motor. Die Heckwelle brach ins Meer. Das Boot schlingerte.

»Was hast du da eben gesagt?«

»Alles Blödsinn«, versicherte Bob.

»Sigi hat das bloß gesagt, weil sie wütend war«, versicherte Anette.

Michel sah seinen Vater an. Sah den dünnlippigen Mund zu einem bösen Querstrich verengt. In Michel leuchtete eine Warnlampe auf. Er mußte sie schützen – er spürte Gefahr für all die, die er am meisten liebte – seine Mutter, seinen Vater und seinen Freund Castamagne.

»Ich weiß es«, brach es aus ihm heraus.

Der Vater starrte in ein kleines, aufgerissenes Jungengesicht, das so voller Sorge war und von dem Wunsch beseelt zu retten.

»Ich war ja dabei…«

»Wobei, Michel?«

»Wie Mami gesagt hat – in jeder Frau wohnt nun mal eine Lädi Schätterle.«

»Eine was?«

»Lädi Schätterle.« Michel wiederholte den Namen, von dem er überzeugt war, daß er seine Mutter sofort entlasten würde. Schließlich war eine Lädi etwas Damenhaftes. Das wußte er aus dem Fernsehen. Der Vater sagte darauf kein Wort mehr. Er steuerte das Boot direkt zum Hotelstrand zurück.

Auf dem Steg empfing sie Castamagne. Neben ihm stand Marianna so, als ob nichts dabei wäre, neben Castamagne zu stehen. Sie sahen phantastisch nebeneinander aus.

»Da seid ihr ja schon wieder«, sagte die Mutter. Ihr Lächeln verblaßte beim Anblick der verkniffenen Gesichter.

Heinz D. übersah Castamagnes hilfsbereite Hand beim Aussteigen und ging auf sie zu, nahm ihren Arm und sagte beängstigend sanft: »Kommen Sie, Lady Chatterley, kommen Sie, wir wollen uns ein wenig unterhalten.«

Es klang ziemlich ekelhaft.

Michel holte sein Geld aus dem Koffer und ging zum Hafen, trödelte an den Boutiquen und Andenkengeschäften entlang auf der Suche nach einem Mitbringsel für seine Großmutter.

Lädi Schätterle. Wenn er doch nur jemand fragen könnte, was das für eine gewesen ist.

Er sah Zigeunern zu, die auf Tamburine schlugen, während ein Äffchen auf einer geputzten Ziege Kunststücke vollführte. Ein kleiner Bär an einer Kette gehörte noch dazu, aber der hatte seine Nummer bereits hinter sich. Außer ein paar Kindern beachtete niemand die Vorstellung. Ein Zigeunermädchen ging mit einem Teller herum. Da liefen alle davon, nur Michel legte fünfzig Centimes hinein. »Für den kleinen Bären«, sagte er.

Beim Heimkommen fand er Bob arbeitend am Tisch in ihrem gemeinsamen Zimmer. »Wegen deiner verfluchten Lady Schätterle muß ich Latein machen.«

Michel sah ihn fragend an: »Der Alte tobt. Der spinnt, sag ich dir. Mutti hat er zusammengestaucht. Das konntest du durch drei Etagen hören. Wie sie das mit dem aushält. Aber ich hab's ihm gegeben. Dafür darf ich jetzt Latein machen. Scheiße.«

»Er reist ja bald wieder ab«, sagte Michel.

»Eben nicht. Er bleibt so lange wie wir. Und alles wegen dieser verdammten Lady. Wer war denn das überhaupt?«

»Keine Ahnung«, sagte Michel und ging aus dem Zimmer. Ging, einen Stein vor sich herschubsend, zum abendlich leeren Strand hinunter. Er hatte eine schwere Enttäuschung hinter sich.

Er hatte vorhin durch Zufall die Ankunft des Busses aus Marseille miterlebt. Castamagne hatte an der Haltestelle gestanden und nacheinander eine Frau, zwei Kinder, einen Säugling, einen Kinderwagen und einen verschnürten Koffer in Empfang genommen. Das Ganze war die Familie Castamagne, von der Michel bis zu diesem Augenblick nicht gewußt hatte, daß es sie überhaupt gab.

Sie umarmten seinen Helden lärmend und zerrten ihn vor Michels enttäuschten Augen aus dem Sattel des Reiterstandbildes herunter in die Niederungen gewöhnlicher Sterblichkeit.

Helden hatten keine Familie zu haben. Ein Held sollte immer einsam leben – mit seinem Mut und seiner Waffe und seinem Treu-bis-in-den-Tod-Pferd.

Und wenn schon ein Weib, dann nicht so eine schrille Kleine wie

Madame Castamagne, mit fetten Hüften, die unter dem dünnen Kleid wie Pudding zitterten. Wenn schon – dann eine wie Michels Mutter. Schlank und schön und von ferne. Wenn sie manchmal an Castamagne vorüberschritt, tat sie so, als ob sie seinen Blick gar nicht bemerkte, und das, obwohl ihre Stimme einen tiefen, leuchtenden Ton annahm.

Michel schämte sich so sehr für seinen Freund Castamagne, der im Privatleben auch bloß ein ganz gewöhnlicher Mensch und Familienvater war, daß er niemand von seiner ernüchternden Entdeckung erzählte.

Da stand nun der weiße Hengst verlassen und mit hängendem Zügel, die Pistolen lagen rundherum verstreut im Staub, zerbrochen wie der Nimbus ihres ehemaligen Besitzers Castamagne. So bald würde Michel nicht wieder jemand in den verwaisten Sattel seines Heldenpferdes heben.

Aber schwimmen hatte er von Castamagne gelernt. Tauchen. Kraulen. Kopfsprung. Ein Junge war er durch Castamagne geworden, den die Großen nicht länger mutwillig zwischen sich hin und her schubsten. Er kannte die provenzalischen Stierkampfregeln und die Tricks, mit denen man einen wilden Hengst einfing. Er wußte, was ein razeteur war. Er kannte sogar den Namen des berühmtesten Kampfstieres der letzten fünfundzwanzig Jahre.

Castamagne hatte ihn von seinem Rotwein trinken lassen und seine Kaugummis mit ihm geteilt.

Am Abschiedsmorgen schenkte er ihm ein Foto aus seinen großen Tagen als Guardian: Castamagne in weißem, wehendem Galopp durch aufspritzendes Wasser, die Stierlanze geschultert, den breitkrempigen Hut im Nacken, hinter sich die karge Weite – damals noch wirklich ein Held.

Michel verbarg das Foto zuunterst in seinem Koffer, damit sein Vater es nicht finden konnte. Er fürchtete, es könnte ihn wieder eifersüchtig auf Castamagne machen. Vor allem aber fürchtete Michel, daß er es ihm fortnehmen und zerreißen würde.

Die letzten Ferientage hatten unter Heinz D.'s Regie gestanden. Autotouren an der Küste und ins Land. Besichtigung von Hafenanlagen und mondänen Treffpunkten. Castamagnes Revier, der Hotelstrand, wurde tunlichst gemieden. Keiner erwähnte mehr seinen Namen.

Auf dem Heimflug saß Michel neben seiner Mutter. Die Piloten imponierten ihm nicht mehr so sehr wie beim Herflug. Auch wenn sie den Steuerknüppel der Welt hielten – im Privatleben waren sie ganz gewöhnliche Menschen und Familienväter wie Castamagne. Michel betrachtete seine Mutter von der Seite. Sie las in einem Buch. Als sie seinen Blick spürte, sah sie ihn an und lächelte.

»Übermorgen beginnt die Schule«, sagte er.

»Ja«, sagte sie, »ja, die Zeit ist so schnell vergangen.«

Eines Tages, wenn sie beide ganz allein sein würden, wollte er ihr das Foto von Castamagne zeigen – Castamagne in weißem, wehendem Galopp durch aufspritzendes Wasser, die Stierlanze geschultert, den breitkrempigen Hut im Nacken, hinter sich die karge Weite der Camargue.

Aber vorher mußte er noch irgendwie herauskriegen, was es mit dieser Lädi Schätterle auf sich hatte. Das beste war, er fragte seine Großmutter.

Sexautoren, die bereits ausführlichst über alle Wonnen, Pleiten, Variationen, Arten und Abarten der geschlechtlichen Liebe berichtet, die alles gesagt haben, was es darüber zu sagen gibt (denn auch der Sex hat seine Grenzen), aber nicht aufhören können, darüber zu schreiben (er ist doch so ein einträgliches Geschäft), weiden zur Zeit für ihre gläubigen Leser die Statistiken der Sexualwissenschaftler aus und das mit einem geradezu missionarischen Bierernst.

So wissen wir endlich, wie viele Menschen sich in Nordamerika a) im Stockdustern, b) bei geringer Wattzahl und c) im Hellen lieben. Wir kennen die verschiedenen Erektionswinkel und Durchschnittsgeschwindigkeiten und sehen mit Spannung dem Tag entgegen, da man uns mit Zirkel, Zentimetermaß, Stoppuhr, Pulsmesser und Tabellen ins nächtliche Geschehen schicken wird, ohne Rücksicht darauf, ob unser kleines, unstatistisches Vergnügen dabei zum Teufel geht.

An den Kiosken bibbern splitterfasernackte Mädchen übereinander im Nordwind. Gruppensex bevölkert die Illustriertenseiten.

Nur in Philips Biologiebuch hat der Mensch noch immer kein Geschlecht.

Gotteswillen.

Alle sagen, es wird höchste Zeit, daß ich ihn aufkläre. Und ich sage: Ich versuche es ja, immer wieder, schon seit ein paar Jahren. Ich kann bloß nicht damit niederkommen.

Wäre ich prüde und verklemmt und nicht gewohnt, schon von Berufs wegen über alle Themen frei zu sprechen, hätte ich wenigstens eine Entschuldigung für mein Versagen. Aber so –?

Alle befreundeten Eltern habe ich gefragt: Wie habt denn ihr es angestellt? Sie guckten verwundert. Ist doch ganz einfach. Wenn unsere Kinder fragten, haben wir eben geantwortet.

Daran liegt es also: Andere Kinder fragen.

Philip fragt auch eine Menge, wenn der Tag lang ist. Ob ich wüßte, was ein Höhensteuer ist. Wieviel Vergaser ein Maserati hat. Alles soll ich wissen, was ich nicht weiß. Aber das, was ich weiß und dringend loswerden möchte, danach fragt er mich nicht.

Als er vier war, hat er sich immerhin noch Gedanken über seine Geburt gemacht. Er meinte damals – wie gut, daß *ich* gerade zu Hause gewesen sei, als sie ihn brachten. »Stell dir vor, sie hätten mich bei Frau Stöhr abgegeben. Stell dir mal vor!«

(Frau Stöhr ist die Hauswartfrau. Sie küßt Schildkröten und schaut aus, als ob die Gebrüder Grimm sie für Gruselmärchen erfunden hätten.)

»Es wäre sowieso nicht gegangen«, sagte ich.

»Weil sie so alt is?«

»Weil du schon monatelang vorher in mir gelebt hast.«

»In dir? Wo? Zeig mal!« Die Vorstellung gefiel ihm. Er küßte mir die Hand. »Aber wie habe ich Luft gekriegt?«

»Ich habe für dich geatmet.«

»Und dann? Wie bin ich rausgekommen?«

»Eines Abends hatte ich so ein komisches Ziehen im Bauch. Da hab ich zum Papi gesagt, Ich glaube, er packt . Er will ausreißen. Und da hat er uns ins Krankenhaus gefahren.«

»Ist die Dicke auch mitgefahren?«

»Ja, die Dicke kam mit.«

»Bin ich dann gleich gekommen?«

»O nein. Das hat noch Stunden gedauert…«

»Was haben wir inzwischen gemacht?«

»Herumgegangen«, sagte ich. »Aus dem Fenster geschaut. Wir konnten die Musik vom Oktoberfest hören und die Lichter sehen.«

»Waren auch Karussells da und ein Riesenrad? Und Autos?«

Er erwies sich als hoffnungslos, nachdem einmal von Rummel gesprochen worden war, auf die Geburt zurückzukommen. Mit Karussells konnte sie niemals konkurrieren.

Den kleinen Unterschied zwischen Jungen und Mädchen nahm Philip von Anfang an ohne nachhaltiges Verwundern hin. Na und – Mädchen tragen eben Röcke, Jungs Hosen. Mädchen spielen mit Puppen, Jungen mit Pistolen. Mädchen petzten mehr als Jungen. Jungen haben einen Zipfelpopo, Mädchen haben keinen. *Na und!*

Das war der ganze kleine Unterschied – seiner Meinung nach.

Eine Zeitlang hoffte ich, über die Tiere zu meinem Ziel – sprich Aufklärung – zu gelangen. Da war zum Beispiel unsere Spanielhündin. Zu Zeiten ihrer Läufigkeit glich unsere Haustür einer belagerten Festung. Alles liebestolle Köter.

»Philip, weißt du, weshalb das so ist?«

»Klar«, sagte er, »die Dicke hat ihre magnetische Zeit.«

Und als er einen Stier sah, der eine Kuh besprang: »Jetzt schiebt sich das Rindvieh wieder gegenseitig.«

Ihm genügten vollauf die Erklärungen, die er sich selber gab.

Auch das intensive Liebesleben seiner Hamster und Meerschweinchen kümmerte ihn wenig, dafür um so mehr die Geburt und Aufzucht ihres Nachwuchses. Er hat ja viel Familiensinn.

Was macht man mit einem, der sich nicht aufklären lassen will? Packt man ihn an den Ohren und faucht: »Zum Donnerwetter, hör mir endlich zu, wenn ich dir erzählen will, wie die kleinen Kinder gemacht werden!?«

Ist das die geeignete Basis für ein so sensibles Unterfangen? Kaum.

Also habe ich ein Aufklärungsbuch für Kinder zwischen sieben und elf gekauft und unserem Philip warm empfohlen. Er legte es noch am selben Nachmittag seinen Freunden mit der weltmännischen Erklärung vor: »Das ist mein Sexbuch.«

Interessiertes »Au, zeig mal!« Darauf andachtsvolle Stille im Jungenzimmer. Der Älteste las den anderen vor. Na endlich.

Bereits nach einer Viertelstunde hörte ich sie wieder grölen. Die Lesung war beendet.

Als ich hereinkam, lagen alle drei auf dem Teppich herum und studierten Donald-Duck-Hefte und Asterix.

»Warum habt ihr denn nicht in dem Aufklärungsbuch weitergelesen?« fragte ich Philip später.

»O weißtu, so spannend war das nich.«

Aber wenn Donald Duck oder Asterix den Zeugungsakt erlebten, dann würde er die Geschichte verschlingen.

Ein Freund, der von meinem Aufklärungsdilemma hörte, sah mich mitleidig an. »Typisch Mutter. Ihr haltet alle Kinder für durchtrieben, bloß eure eigenen nicht. Das sind Unschuldslämmlein. Weißt du, warum der Junge es nicht wissen will? Weil er längst weiß, wie es langgeht. Haha!«

»Haha–« sagte ich. »Und die harten Männerwitze, die er von der Straße mit nach Hause bringt? So viel lautstarke Unbefangenheit bei so harten Männerwitzen kann nur ein Zeichen von Unwissenheit sein.«

Also tüftelte ich weiter an seiner Aufklärung herum. Ich fiel ihm damit langsam auf den Wecker.

Nun ist gestern etwas geschehen, was mir zu denken gibt. Ein größerer Junge schenkte ihm ein Sexheft zum Dank dafür, daß er ihm sein Tischfußball geborgt hatte. Ich nahm ihm das Heft fort, ehe er darin blättern konnte.

»Das ist noch nichts für dich.«

Und damit hatte ich ihn. Es gab einen Ringkampf um dieses Heft. Nichts erschien Philip auf einmal interessanter als dieses Heft, das »noch nichts für ihn« war.

Das hatte ich noch nie gesagt. Das hatte ich eigentlich nur aus Versehen gesagt. Bisher durfte er sich anschauen, was er wollte. Lesen, was er wollte. Auf einmal war er da – hellwach, angespitzt, und ich erkannte, was ihm bisher gefehlt hatte: der *Reiz des Verbotenen!*

Natürlich könnte ich diese Erkenntnis für meine Absichten ausnutzen. Ich könnte das Aufklärungsbuch einschließen, das Betrachten nakkert balzender Paare auf Illustriertenfotos und Filmplakaten verbieten… dann wäre auf einmal alles maßlos interessant, was mit Sex zu tun hat. Aber führte das nicht in die verklemmten Zeiten unserer Jugend zurück, in der Eltern statt Erklärungen nur Verbote erließen!?

Ja, was mache ich denn mit der verdammten Aufklärung? Soll ich warten, bis sein Lehrer mit heißen Ohren die Zeugungsgeschichte im Unterricht herunternuschelt? So eine hübsche Sache vom Katheder?

Soll er sich bei seinem ersten Mädchen an seinen alten Lehrer erinnern müssen?

Aber Philip hat ja noch einen Vater. Natürlich! Es ist die Pflicht des Vaters, nicht der Mutter, den Sohn aufzuklären.

Aber der Vater will nicht.

»Nee – nee«, sagte er, »das mach du man.«

Und ich sage: »Feigling.«

Aber das kratzt ihn gar nicht. »Lieber Feigling als aufklären«, sagt er.

Na warte, denke ich und gehe zu seinem Sohn. »Dein Vater will dich nicht aufklären, Philip. Er sagt, das sei noch nichts für dich!«

Und damit habe ich ihn. Jetzt ist er hinter seinem Vater und der Aufklärung her wie der Teufel hinter den Seelen.

*Sommerzeitlosen...*

Wir pflücken Blumen. Juliglöckchen, Margarethen, Lilabellen, Fingermützen, Sommerzeitlosen und einen Stengel Wehmut.

Philip trödelt hinterher. »Ich bin Eduard, der Marienkäfer.«

Der Himmel hinter dem Kloster ist gelb. Aus seinen Biergärten dröhnt betrunkenes Grölen. Darüber läuten Glocken, als ob sie nicht dazugehörten. Der Hund bellt sein Echo an.

»Kaiser Karl saß auf der Kuh. Muh. Gehn wir noch weit?«

»Du hättest ja nicht mitzukommen brauchen.«

Er pflückt mir eine Blume. »Heißt die?«

»Wilder Türkenbund.«

»Drei wilde Türken in meiner Mutter Hand. Im Sommer. Ich hab sie gut gekannt.«

»Seit wann kannst du dichten?«

»Ach, Schmarrn«, sagt er und hakt sich bei mir ein.

So trödeln wir durch den Abend, bis es dunkelt. Fahren zwischen Feldern und schwarzem Wald, sanft schaukelnd wie in einer alten Kutsche, nach Hause. Der Hund hängt seinen Kopf zum Fenster hinaus und läßt seine Ohren wie Gardinen wehen.

Heuduft. Grillenzirpen. Glühwürmchen. Überall.

Sternenhimmel zwischen Chausseebäumen. Sommer – noch ist Sommer.

Wir möchten ihn einfangen und festhalten, als ob wir wüßten, daß er die letzte Sorglosigkeit für lange Zeit sein wird...

# Curt Goetz/ Valérie von Martens:

# Die Verwandlung des Peterhans von Binningen

Ullstein Buch 487

Curt Goetz hatte seine Lebensgeschichte auf drei Bände angelegt. Aber nur den ersten konnte er selbst abschließen. Valérie von Martens unternahm es, nach dem Tode ihres Mannes die hinterlassenen Manuskripte mit ihren eigenen Erinnerungen abzurunden. Jeder, der Curt Goetz und Valérie von Martens auf der Bühne gesehen hat, wird mit Freude feststellen, wie vollendet sich die beiden Partner auch hier ergänzen.

Lebensbilder

# Klaus Hellmer

# Der Engel
# mit dem
# Flammen-
# schwert

Ullstein Buch 3414

Der Roman erzählt die
Geschichte einer aus
Unkenntnis im Chaos der
Nachkriegszeit geschlossenen
Geschwisterehe. Helga und
Jürgen Marein haben sich
laut Gesetz der Blutschande
schuldig gemacht. Und dieses
Gesetz entscheidet: Die Ehe
wird für nichtig erklärt.
Ein dramatischer Kampf
zwischen juristischer Not-
wendigkeit und einer alle
Tabus einreißenden Leiden-
schaft beginnt . . .

ein Ullstein Buch

# Hugo Hartung

### Ich denke oft an Piroschka
Ullstein Buch 221

### Wir Wunderkinder
Ullstein Buch 287

### Ihr Mann ist tot und läßt Sie grüßen
Ullstein Buch 2859

ein Ullstein Buch

# Erich Kästner

ein Ullstein Buch